잠중록
화집

The Golden Hairpin (Picture Book)

잠중록
화집

처처칭한 지음
장양 그림
서미영 옮김

arte

황재하 |여성복|

黃梓瑕

황재하 |환관복|

대당의 명수사관.
열두 살 때부터 총명함과 뛰어난 사
건 해결 능력으로 이름을 날렸다.
열일곱 살 때 온 가족이 독살당하고
범인으로 지목되어 누명을 벗기 위해
홀로 장안으로 도망친다.
이후 기왕 이서백의 특별한 호의로
말단 환관 양숭고 신분을 얻는다. 끊
임없이 진상을 파헤치고 의혹을 풀
어나가, 마침내 가족의 억울한 죽음
을 밝혀내고 자신의 누명을 씻은 뒤
사랑하는 이가 속박에서 벗어나도록
돕는다.

李錦白

이서백

대당 기왕.

재기 넘치고 실력이 출중하나 황위
와는 인연이 닿지 않았다.

10년 동안 아무도 알아주는 이 없이
은거하였으나, 훗날 서주의 난을
평정하는 눈부신 활약으로 조정에서
존재감을 드러낸다.

대군을 손에 쥐고 조야의 권력을
장악하지만, '환잔고독폐질(鰥殘
孤獨廢疾)'이라는 여섯 글자의 저
주가 그의 인생에 그림자를 드리웠
다는 사실은 아무도 알지 못했다.

늘 곁에 두는 붉은색의 작은 물고
기는 부왕의 죽음과 묘연한 관계가
있다.

王蘊

왕온

낭야 왕 가의 걸출한 인물.
어려서부터 두터운 신망 속에
완벽한 인재로 키워졌다.
거만하면서도 온유하고, 냉정하
지만 속은 깊다.
황재하와 정혼한 사이로, 소년
시절에 황재하를 보고 첫눈에
반해 그 감정을 계속 키워왔다.
황 가가 멸문한 뒤 더 이상 황재
하와는 인연이 아님을 알면서도
어린 시절 품었던 마음에 집착하
며 혼약을 물리지 않는다. 결국
집안의 앞날을 위해 연모와 원
망을 내려놓고 황재하의 뜻에
따른다.

周子秦

주자진

명랑하고 쾌활하며 말 많은 청년.
세간의 시선에 구애받지 않고 자신
만의 독특한 신념으로 궤도에서 벗
어나는 행동을 일삼는다. 명문가
자제이지만 포졸이 되기를 꿈꾼다.
세상 그 어떤 부귀영화도 검시를
향한 그의 열정은 막지 못한다.
옷차림에 대한 안목이 워낙 엉망인
탓에, 총천연색의 눈부신 모습으로
깊은 인상을 남긴다.
황재하를 극도로 숭배하여 그녀로
인해 인생의 목표가 달라졌다.
양승고와 순수한 우정을 이어가며
함께 사건을 해결하고 생사까지
넘나들지만, 그토록 숭배하는 이를
눈앞에 두고도 알아보지 못한다.

禹宣 우선

한때 명성을 날린 재기 넘치는
인물. 부드러운 기품에 우아하
며 학문에 정통하다.

거리를 떠돌던 고아였으나, 황
가에 입양되어 황재하와 의남매
가 된다.

황재하와 함께 자라면서 깊은
정을 나누나, 자신의 집안을 망
하게 한 장본인이 바로 자신의
정인이었음을 알게 된다.

직접 만든 쌍어 옥팔찌를 선물
하여 두 사람의 과거를 끝내는
동시에, 미래도 함께 끝을 낸다.

王皇后

왕 황후

본명 매만치.

운소육녀 중 둘째. 비파 연주 하나로 천하를 뒤흔들었으며, 세상에 둘도 없는 절세미인이다.

속세에 묻혀 지내기를 원치 않아 이름을 왕작으로 바꾼 뒤 운왕부 첩실로 들어간다. 한 발 한 발 위로 올라가 마침내 천하 백성의 어머니인 황후에까지 등극한다.

부귀영화를 위해 남편과 딸을 버렸으나, 훗날 딸을 되찾으려 치밀한 계책을 꾸민다. 하지만 끝내 모든 것을 잃고 비참한 결말을 맞는다.

呂淸翠

여적취

향초 가게 주인장 여 씨의 딸.
온화하고 재주가 많으며, 영민하면서
도 가냘프다. 부친과 서로를 목숨처럼
의지하며 살아왔다.
평범하게 살아가던 어느 날, 갑작스러
운 재앙으로 운명이 바뀌고, 결국 조정
을 뒤흔드는 큰 사건으로까지 이어지
게 된다.

첫 번째 비녀

봄날 등불 어두워지고

성문 앞 수배 전단에는 열예닐곱쯤으로 보이는 여
자의 얼굴이 그려져 있었다. 새벽별같이 반짝이는
두 눈과 복숭아 꽃잎처럼 아름다운 곡선의 뺨에
보기 좋게 살짝 올라간 입술. 두 눈이 정면을 응시
하며 살포시 미소 짓고 있어 표정이 생생하게 살
아 있었다. 맑은 얼굴의 아름다운 소녀였다.
얼굴 그림 옆에 몇 줄의 글이 적혀 있었다.

촉의 여인 황재하. 일가족 살해 사건에 연루되
었으며 수법이 극악무도함. 전국 각 지역은 보
는 즉시 생사를 불문하고 체포할 것.

정자에 있던 사람들은 인륜을 저버린 잔
혹한 이야기에 놀라움을 금치 못했다.

말하는 사람이 격분하니 듣는 사람
들도 함께 분노했다. 순간 정자 안은
공공의 적을 향한 분노로 가득했다.

무릎을 끌어안고 이야기를 듣던 황
재하는 그들의 욕하는 소리에 순간 극
심한 피로가 몰려왔다. 어슴푸레 타고
있는 불꽃을 멍하니 바라보았지만, 젖
은 옷 때문에 봄날 밤의 한기가 형태
없는 바늘처럼 피부를 찔러와 잠도 오
지 않았다.

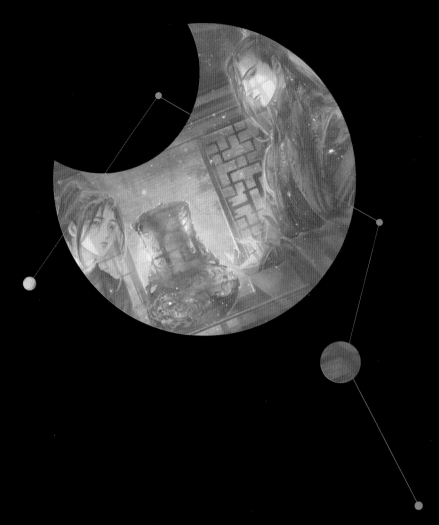

조금 전의 그 유리병이 황재하의 눈에 들어왔다. 병 안의 작은 물고기는 얇은 비단 같은 꼬리를 흔들며 헤엄치고 있었다.

황재하는 목소리를 낮추어 말했다. "아가십열이라 불리는 물고기로 천축국에서 건너온 것이지요. 석가모니 시중을 들던 용녀(龍女)가 순간 흩날리듯 물고기로 변했다 하며, 비명횡사하는 사람들 주변에 자주 출현한다고 전하지요."

기왕이 유리병을 흘끔 보고는 평온한 목소리로 말했다. "그런가?"

"살인 사건 현장에 있던 물건은 불길한 것이겠으나, 전하께서 항상 그것을 곁에 두신다면 필시 죽은 자가 전하와 보통 관계는 아니었겠지요. 또한 그 사건은 아직 미결로 남아 있을 겁니다."

"그래서?"

황재하는 잠시 망설이다가 다시 입을 열어 천천히 말했다. "만일 전하께서 저를 도와주신다면 저 또한 전하를 대신해 그 사건의 진상을 밝혀드리겠습니다. 아무리 오래된 사건이라 할지라도, 단서의 유무와 상관없이 반드시 진상을 밝혀드리도록 하겠습니다."

자고새의 노랫소리가 귓가에 들려왔다. 6월의 따스한 날씨가 사람을 기분 좋게 해주고 바람마저 물처럼 부드러웠다.

이같이 하늘과 땅이 어우러지는 계절, 물가에 있던 열두 살 소녀 황재하는 자신을 부르는 아버지의 목소리에 고개를 들었다. 역광 속에 선혈처럼 새빨간 빛의 세상이 눈앞에 펼쳐졌다.

그 기이한 붉은빛 속에 한 소년이 아버지 곁에 서 있었다. 소년은 옻칠한 듯 까만 눈동자로 소녀를 바라보았다. 고요한 밤, 또는 심원의 어두움 같은 그 눈은 무심해 보였으나 예리한 칼날이 되어 소녀의 마음에 자신을 새겨 넣었다. 영원히 지워지지 않을 각인처럼.

맨발로 연못 속에 서 있던 소녀는 품에 가득 안은 연꽃을 자신도 모르게 떨어뜨렸다.

왕약은 고개를 숙인 채 두 볼에 은은한 홍조를 띠고서 이
서백 앞으로 다가왔다.
　열예닐곱밖에 되어 보이지 않았다. 치마에는 풍성하게
수놓인 해당화와 담황색 구름 문양이 복잡하게 어우러져
있었다. 걸을 때마다 금비녀에 매달린 술이 천천히 흔들렸
고, 구슬 목걸이는 반짝 빛이 났다. 화려한 의복과 장신구
가 오히려 왕약을 더 앳되어 보이게 만들어, 세상 때가 묻
지 않은 순진함이 엿보였다.
　왕약이 바로 앞까지 다가오자 이서백은 손에 든 모란꽃
을 건넸다. 드디어 그의 목소리에서도 따뜻함이 묻어났다.
"그대가 왕약인가?"

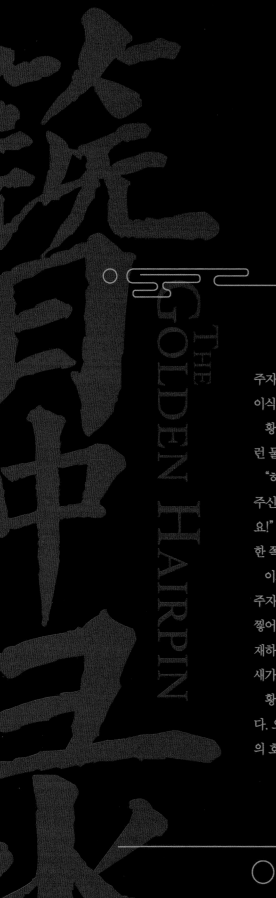

THE GOLDEN HAIRPIN

주자진은 말 등에 매달아두었던 상자를 내려 그 안에서 접이식 호미와 삽을 꺼내 황재하에게도 한 자루 건네주었다.

황재하는 삽을 쥐고서 믿을 수 없다는 듯이 물었다. "이런 물건도 가지고 계세요? 너무 전문적인 거 아니에요?"

"하아, 말도 마요. 기왕 전하께서 병기국에 말해 만들어주신 건데, 아버지께 들켜서 거의 죽기 직전까지 맞았어요!" 주자진은 울먹이듯 말하고는 다시 상자 속에서 마늘 한 쪽, 생강 한 뿌리, 식초 한 병을 꺼냈다.

이제 만두라도 꺼내려나 하고 황재하가 생각하는 동안 주자진은 기다란 천 두 장을 꺼낸 다음 생강과 마늘을 짓찧어 식초를 섞은 뒤 천에 문질렀다. 그러곤 천 한 장을 황재하에게 건네주었다. "이걸로 코를 가려요. 시체 썩는 냄새가 아주 지독할 거예요."

황재하는 묵묵히 삽을 들고서 주자진과 함께 흙을 팠다. 오늘 막 매장한 터라 땅을 파는 것이 수월했고, 주자진의 호미질도 꽤나 그럴듯해서 속도가 제법 빨랐다.

주자진은 다짜고짜 황재하의 손을 잡아끌며 서쪽 시장으로 향했다. "얼른 와, 내가 맛있는 요릿집을 아는데, 거기 주인장의 당나귀 고기 요리가 진짜 일품이야![……]고기 얘기가 나와서 말인데, 짐승을 잡는 거나 사람을 죽이는 거나 똑같은 거 같아. 칼을 아무렇게나 쓰면 안 되거든. 고깃결을 가로질러 자르게 되면 상처 입구가 꽃이 만개하듯 터져버리지. 결을 따라 잘라야 상처가 깔끔하고, 피도 사방으로 뿜어져 나오지 않고 자연스럽게 흘러나오지……."

황재하가 주자진의 말을 잘랐다. "한 번만 더 피, 고깃결, 뼈 이런 말을 꺼내면 안 먹고 그냥 갈 거예요."

"그럼 내장은 괜찮아?"

황재하가 즉시 몸을 돌려 떠나려 하자 주자진이 황급히 황재하의 어깨를 붙들며 말했다. "알았어, 알았어. 절대 그런 말 안 할게. 맹세!"

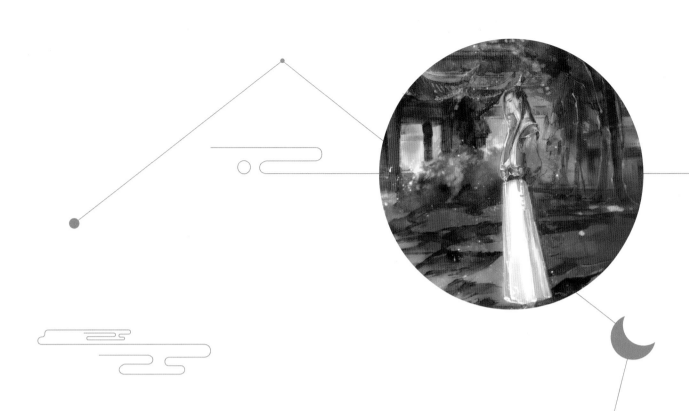

연못이 출렁였다. 황재하가 떨어지면서 일으킨 물보라가
연잎들 위로 흩뿌려져 물방울들이 어지러이 굴러다녔다.
궁등 불빛이 연못 위를 비추고 있어 연잎 위의 물방울들은
마치 빛의 향연을 펼치는 것처럼 보였다.

반짝이는 금빛들 사이로 연못가에 서 있는 이서백이 보
였다. 입가에는 살짝 웃음기가 서리고, 가늘게 불어오는
저녁 바람에 푸른 비단 옷자락이 나부끼는 그 화려하고
우아한 자태는 보는 이의 넋을 빼앗기에 충분했다.

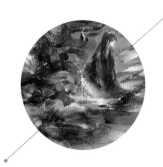

온몸에 피를 묻힌 두 소녀는 깜짝 놀라 주
변을 두리번거리다가 담장 창 너머의 이서
백을 보았다.

소녀들이 몹시 겁을 먹은 터라 이서백은
소녀들 앞에 무릎을 굽히고 앉아서는 그들
을 응시하며 물었다. "너희는 누구지? 어떻
게 이 안에 있는 것이냐?"

이서백은 자신을 낮춰 무릎을 굽힌 채
상냥한 표정과 작은 목소리로 두 소녀를
달래듯 말했다. 그 자태가 마치 숲속을 흐
르는 작은 샘처럼 부드러웠다.

지금껏 소녀들은 어떤 능욕을 당할지 몰
라 하루하루 전전긍긍하며 지냈다. 그런
소녀들 앞에 나타난 비단옷 차림의 청년은
마치 봄날의 햇살이 만물을 환하게 비추듯
주위 모든 것을 순식간에 반짝거리게 만들
었다.

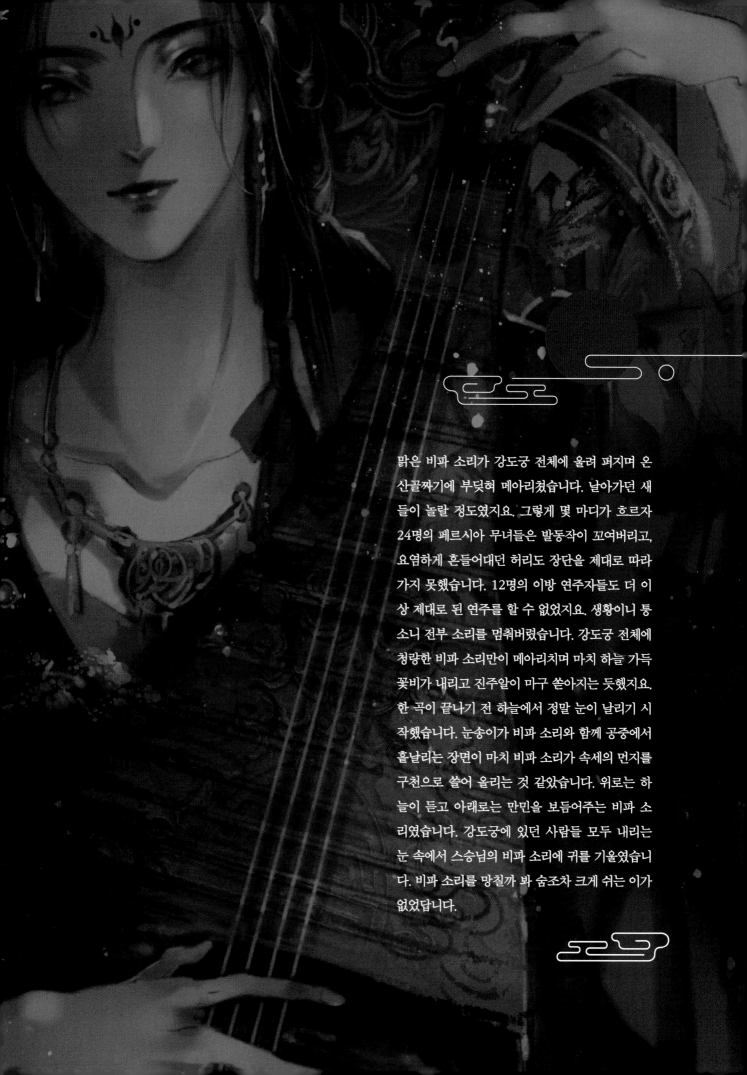

맑은 비파 소리가 강도궁 전체에 울려 퍼지며 온 산골짜기에 부딪혀 메아리쳤습니다. 날아가던 새들이 놀랄 정도였지요. 그렇게 몇 마디가 흐르자 24명의 페르시아 무녀들은 발동작이 꼬여버리고, 요염하게 흔들어대던 허리도 장단을 제대로 따라가지 못했습니다. 12명의 이방 연주자들도 더 이상 제대로 된 연주를 할 수 없었지요. 생황이니 퉁소니 전부 소리를 멈춰버렸습니다. 강도궁 전체에 청량한 비파 소리만이 메아리치며 마치 하늘 가득 꽃비가 내리고 진주알이 마구 쏟아지는 듯했지요. 한 곡이 끝나기 전 하늘에서 정말 눈이 날리기 시작했습니다. 눈송이가 비파 소리와 함께 공중에서 흩날리는 장면이 마치 비파 소리가 속세의 먼지를 구천으로 쓸어 올리는 것 같았습니다. 위로는 하늘이 듣고 아래로는 만민을 보듬어주는 비파 소리였습니다. 강도궁에 있던 사람들 모두 내리는 눈 속에서 스승님의 비파 소리에 귀를 기울였습니다. 비파 소리를 망칠까 봐 숨조차 크게 쉬는 이가 없었답니다.

진염 부인은 잠깐 생각하더니 갑자기 "아" 하고 외치고는 말했다. "운소육녀……."

운소육녀. 황재하는 금노가 운소원을 만든 여섯 여인에 대해 말한 것을 생각해냈다. 황재하가 다급히 물었다. "좀 더 상세하게 설명해주시겠어요?"

"10여 년 전에 양주에서 기예가 가장 뛰어난 여섯 여인이 모여 운소원을 만들었지요. 당시 측천 황제의 운소부에서 이름을 땄습니다. 지금까지도 운소원에는 당시 측천 황제께서 말을 길들일 때 사용하신 비수가 모셔져 있지요!"

두 번째 비녀

아홉 마리 난새가 스러지다

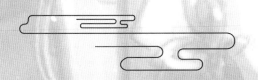

주자진은 힘껏 앞으로 비집고 들어가면서도 연신 고개를 돌려 뒤를 향해 외쳤다. "숭고, 빨리 붙어. 잘못하다간 잃어버리기 십상이야!"

그 뒤를 따르는 사람은 홑겹 비단옷을 입은 소환관으로, 연꽃 받침처럼 뾰족한 턱에 이목구비가 단정하고 마른 체구의 사람이었다. 관을 쓰는 대신 머리를 틀어 올려 권초 문양 옥 장식이 있는 은비녀를 꽂았다.

이 두 사람은 당연히 주자진과 황재하였다.

3년 전…… 황재하는 열네 살이었고, 왕온도 겨우 열여섯의 소년에 불과
했다. 뛰어난 재능과 절세의 외모를 겸비했다는 약혼녀가 무척이나 보고
싶었지만 부끄러운 마음에 결국 다른 이를 끌어들여 함께 궁에 들어가 몰
래 숨어서 보았다.

　그 봄날의 오후, 궁중의 굽은 회랑 끝에 서 있는 황재하는 여러 궁녀들
그 누구보다 섬세하고 민첩했다. 마치 갓 피어난 난초꽃과 같은 자태였
다. 왕온은 그 소중한 기회를 놓치지 않으려 눈도 깜빡이지 않고 계속 황
재하를 바라보았다.

　황재하가 회랑 끝으로 돌아 걸어가던 그때, 왕온은 드디어 그 얼굴을
볼 수 있었다. 무수히도 많은 날을 상상만 했던 그 얼굴이 적막한 밤하늘
에 갑자기 피어난 불꽃처럼 눈앞에 나타났다.

　그해 봄에 보았던 황재하의 옆모습은 마치 예리한 칼로 심장에 새긴 듯
결코 지워지지 않았다.

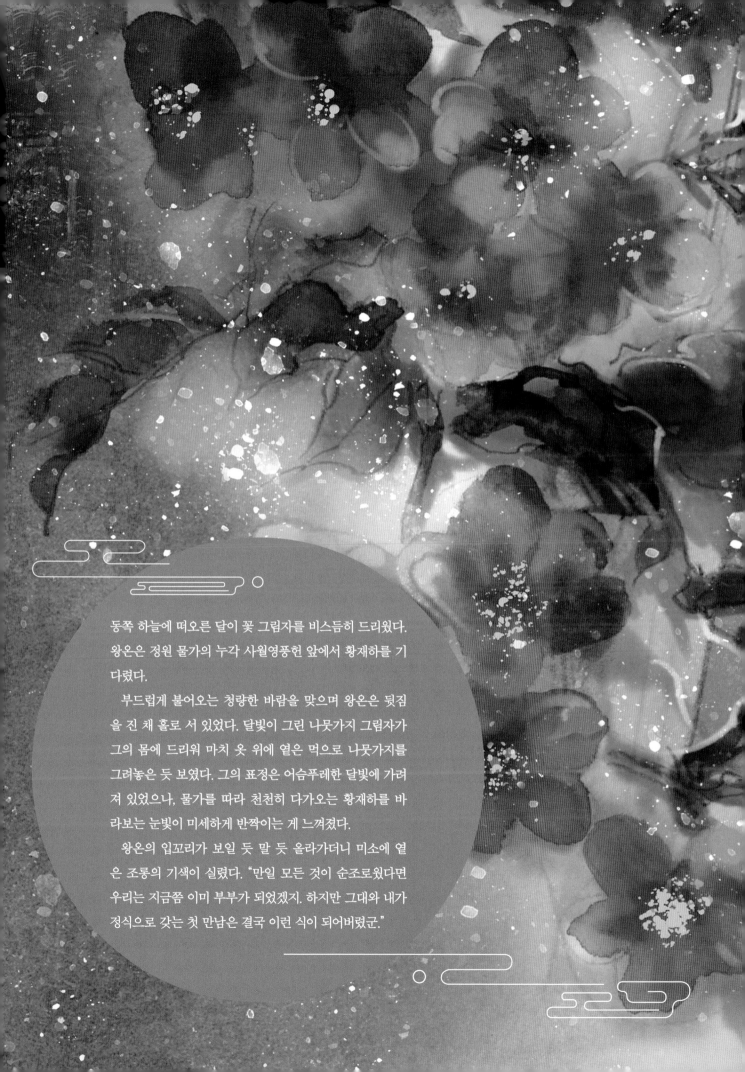

동쪽 하늘에 떠오른 달이 꽃 그림자를 비스듬히 드리웠다. 왕온은 정원 물가의 누각 사월영풍헌 앞에서 황재하를 기다렸다.

부드럽게 불어오는 청량한 바람을 맞으며 왕온은 뒷짐을 진 채 홀로 서 있었다. 달빛이 그린 나뭇가지 그림자가 그의 몸에 드리워 마치 옷 위에 옅은 먹으로 나뭇가지를 그려놓은 듯 보였다. 그의 표정은 어슴푸레한 달빛에 가려져 있었으나, 물가를 따라 천천히 다가오는 황재하를 바라보는 눈빛이 미세하게 반짝이는 게 느껴졌다.

왕온의 입꼬리가 보일 듯 말 듯 올라가더니 미소에 옅은 조롱의 기색이 실렸다. "만일 모든 것이 순조로웠다면 우리는 지금쯤 이미 부부가 되었겠지. 하지만 그대와 내가 정식으로 갖는 첫 만남은 결국 이런 식이 되어버렸군."

왕온은 시선을 거두어 창밖에 비스듬히 기운 달을 바라보며 낮고 차분한 목소리로 말했다.

"내가 그대와 혼약을 파기하는 일은 없을 것이오."

황재하는 탁자 위에 올린 손에 자신도 모르게 힘이 들어가 주먹을 꽉 쥐었다.

왕온의 시선은 여전히 창문 밖을 향해 있었다. 부드럽게 불어오는 저녁 바람에 창밖의 꽃 그림자가 하늘하늘 흔들렸다. 그는 있는 힘을 다해 자신을 다스렸고, 얼굴에 드리워졌던 우울한 그림자 또한 서서히 사라졌다. 황재하는 귓가에 속삭이는 듯한 그의 음성을 들었다. 그 목소리는 묘하게 따뜻하기까지 했다. "그대는 예법에 따라 정식으로 나와 맺어진 내 아내요. 혼약서와 사주단자가 이를 입증하지 않소. 그대가 어떤 죄를 지었든 어디에 있든, 내가 혼약을 파기하지 않는다면 그대는 한평생 내 사람이며, 다른 누구의 사람도 될 수 없소."

THE GOLDEN HAIRPIN

동창 공주는 진홍빛 치마저고리 차림에 머리는 느슨하게 쪽을 지고 홀로 누각에 앉아 황재하 일행을 맞았다.

평상에 단정히 앉아 있는 공주의 머리에는 비녀가 하나밖에 꽂혀있지 않았다. 하지만 매우 정교하고 화려한 비녀여서 황재하처럼 평소 장신구에 관심이 없던 사람도, 심지어 남자인 최순잠마저도 단번에 시선을 사로잡혔다. 다들 한동안 비녀에서 시선을 떼지 못했다.

옥석 하나를 통째로 깎아 만든 것이었는데, 난새와 봉황 아홉 마리가 매우 정교하게 조각되어 있었다. 게다가 세상에서 가장 진귀하다는 아홉 빛깔 옥이었다. 어느 장인의 솜씨인지는 모르겠으나 옥 본연의 색깔에 맞춰 각양각색의 난새와 봉황 아홉 마리를 조각하여 마치 살아서 날개를 펼치는 듯 생동감이 느껴졌다.

먹 자국은 각기 크기도 일정치 않고 특별히 어떤 규칙도 보이지 않았다. 그저 종이 위에 덕지덕지 아무렇게나 칠해놓은 느낌이었다. 황재하도 자세히 들여다봤으나 특별한 점은 보이지 않았다. 그런데 악왕이 그림의 방향을 돌리는 순간 황재하는 덧칠된 짙은 먹 자국 아래 검붉은 점 하나가 깔려 있는 걸 눈치채고는 그 점을 더 주의 깊게 살펴보았다. 하지만 아무리 봐도 조금 굵은 바늘 끝으로 찍은 듯한 붉은색 점이 하나 있을 뿐, 나머지는 모두 짙거나 옅은 먹 자국일 뿐이었다.

갑자기 소왕이 손바닥을 치며 말했다. "알아냈어!"

주자진이 재빨리 물었다. "무얼 알아내신 겁니까?"

"이건 세 명의 사람을 그린 거야!" 소왕은 세 개의 먹 흔적을 가리키며 득의양양한 표정으로 말했다. "이거 보라고. 제일 우측 그림은 어떤 사람이 몸이 뒤틀린 채 바닥에 나뒹굴고 있어. 그 옆에 일정한 형태도 규칙도 없는 이 먹 자국들은 타오르는 불길인 거지! 말하자면, 이건 사람이 불에 타 죽는 상황을 그린 거야."

이서백은 한참을 조용히 있다가 그 청동 술잔을 가까이 가져가 작은 물고기를 응시하며 입을 열었다. "이 물고기는 내가 10년을 기른 것이다. 부황께서 승하하신 그날, 내가 이것을 어디서 발견했는지 아느냐? 부황께서 기침하며 각혈을 하셨는데 떨어진 핏속에 이것이 있었다. 심지어 살아서 그 핏덩이 위에서 꿈틀대고 있었지. 그때 나는 손에 찬물 사발을 들고 있었지. 면포로 물을 적셔 부황의 입술을 축여드리고 있었지. 그런데 그만 당시 나이가 어렸던 소왕이 그 작은 물고기를 집어 사발 속에 넣어버렸지 뭐냐.

나는 그 사발을 창가에 올려두었다. 부황께서 승하하시고 황상이 제위에 등극할 때까지도 말이야. 대명궁을 떠나기 직전 갑자기 그 물고기가 생각났다. 그래서 부황께서 계셨던 침궁의 창가로 달려가 보았더니 물고기가 무사히 살아 있었다. 사발 안에서 의연하게 헤엄쳐 다니는 모습이 황망해 보이기도 하고 유유자적해 보이기도 했지. 인간 세상에서 일어나는 모든 일들이 이것과는 아무런 관계가 없었던 게다. 설령 천지가 다 무너진다 해도 그저 얕은 물 한 사발만 있으면 여느 때와 다름없이 그렇게 살아갈 수 있을 것처럼 보였다."

황재하는 옆에서 그를 지켜보았다. 안으로 들어가지도, 말을 건네지도 않고 그저 차가운 눈빛으로 지켜볼 뿐이었다. 여지원은 이미 나이가 예순가량 된 노인네였다. 뿌옇게 흐린 눈을 가늘게 뜨고 허리를 구부린 채 그는 전심을 다해서 용과 봉황, 꽃봉오리를 그려 넣고 있었다.

그의 손에는 철제 대야가 하나 들려 있었는데, 대야 안은 여러 칸으로 나뉘어 칸마다 각기 다른 색깔의 밀랍이 담겨 있었다. 그는 밀랍이 굳지 않도록 이렇게 더운 날씨에도 수시로 화로 가까이 다가가 불 위에서 밀랍을 녹였다.

화로에서 올라오는 열기에 온몸으로 땀을 흘려, 입고 있는 짧은 갈색 옷이 흥건하게 젖어 있었다. 하지만 그는 여전히 초에 바싹 붙어서 진지하고 꼼꼼하게 그림을 그렸다. 조금도 빈틈없는 그 자세는 심지어 경건해 보이기까지 했다.

장항영은 한참 동안 침묵하고 있다가 천천히 입을 열었다. "작년 여름에 서쪽 시장에서 당신을 봤어요. 향초 가게 앞에 쭈그리고 앉아서 꽃 파는 아주머니의 바구니 속에서 백란화를 집어 드는 모습을요. 하늘에선 비가 내렸고 당신은 웃으며 꽃을 고르고 있었어요. 나는 당신 곁을 지나다가 그 미소에 순간 넋을 잃었고, 실수로 진흙을 튀겼는데 그게 당신 손등으로 날아갔지요……."

아적은 울면서 멍하니 그를 바라보다가, 자신도 모르게 손을 들어 티 없이 뽀얀 자신의 손등을 보았다.

"그때 내가 더듬거리면서 미안하다고 했더니 당신은 아무렇지도 않은 듯 손수건을 꺼내 진흙을 닦고서 나를 향해 웃어주었어요. 그러고는 백란화를 들고 가게로 들어갔지요. 집으로 돌아오는 길에 몇 번이고 당신 손에 묻었던 진흙과 당신의 그 웃음을 생각했어요. 너무 생각에 빠져서 집으로 오는 길도 잘못 들고 말았지요……."

이서백은 창백한 얼굴로 고집스럽게 괜찮다고 말하는 황재하를 내려다보았다. 그러다 아무 말 없이 그녀를 품에 안아 성큼 낮은 침상으로 걸어가 그 위에 조심스럽게 눕혔다.

깊고 고요한 눈빛이 자신을 응시하는 걸 보며 황재하는 긴장되고 어색해 참을 수 없었다. 하는 수 없이 눈을 다른 쪽으로 돌리며 나지막한 목소리로 말했다. "송구합니다……. 전하 앞에서 제가 실례를 범했……."

"내 잘못이다." 우울한 음성이 황재하의 말을 끊었다.

그의 목소리에 도무지 분간할 수 없는 많은 것이 담긴 것 같아 황재하는 자신도 모르게 의아한 눈빛으로 그의 얼굴을 바라보았다.

이서백이 낮고 느린 음성으로 말했다. "내가 잊었구나……. 네가 여인의 몸이라는 것을."

깜짝 놀란 황재하는 한참 이서백을 바라보다가 겨우 입을 열었다. "괜찮습니다. 저 또한 일찍이 잊어버린 사실입니다."

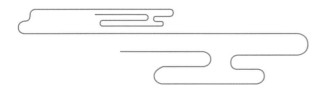

드넓게 펼쳐진 하늘이 더없이 멀고 아득해 보였다. 동창 공주의 영혼은 이미 황천으로 떠났다. 이제 이 세상과는 아무런 관계가 없어졌다. 생전의 화려함과 죽은 후의 영예, 그 모든 것이 동창 공주와는 아무 상관 없었다. 황제하는 손을 들어 여전히 묻어 있는 공주의 혈흔을 보았다.

세상 사람들의 부러움을 한 몸에 받았던 공주. 귀한 곳에서 온몸에 비단을 두르고 늘 많은 시녀들에게 둘러싸여 자란 공주가 그 꽃다운 나이에 구석지고 황량한 덩굴 속에서 죽음을 맞을 줄 그 누가 알았겠는가. 그것도 시녀들과 아주 잠깐 떨어진 그사이에 말이다.

세 번째 비녀

연꽃은 옛일이 되어

장안을 떠나기 직전 부적 위에 다시 핏빛 동그라미가 나타난 것이다. 바로 '폐' 자 위에 말이다.

시들고 쇠하여 생기 없음을 의미하는 '폐'.

대당 기왕 이서백. 여섯 살에 왕에 봉해진 뒤 열세 살 나이에 궁을 나왔다. 7년간의 칩거 후 조정의 가장 큰 위협이었던 방훈 일당을 일거에 섬멸한 동시에 각 지역의 절도사들을 제압하여 그 권력과 위세가 하늘 높은 줄 모르고 치솟았다.

하지만 순식간에 높이 오른 인생이 얼마나 오래 갈 수 있겠는가.

스물세 살, 그의 운명이 흔들리기 시작했다. 앞날을 미리 보여주는 듯한 부적의 불길한 글자들 위로 붉은 동그라미가 하나씩 하나씩 그려졌다.

온 세상이 깊은 잠에 빠진 듯 고요했다.

황재하를 안은 이서백의 팔에서 조금씩 힘이 풀리더니 황재하에게 기대오는 몸이 점점 무거워졌다.

황재하는 긴장으로 숨을 죽였다. 두 사람을 태운 디우가 발길 가는 대로 느릿느릿 한참을 걸었다. 그제야 황재하가 나지막이 이서백을 불렀다. "전하……."

이서백은 황재하의 어깨 위에 고개를 기댄 채 아무런 말이 없었다. 무겁고 거친 숨소리만이 들려올 뿐이었다. 억눌린 듯한 숨결이 황재하의 목덜미로 뿜어졌다. 무언가 잘못된 것이 틀림없었다.

황재하는 몸을 돌려 이서백의 허리를 안은 뒤 고개를 들어 그를 보았다.

축축하고 끈적한 무언가가 손에 느껴졌다. 따뜻한 온기까지. 황재하는 그것이 무엇인지 잘 알았다.

이서백은 눈을 감으며 떨리는 목소리로 말했다. "황재하, 이제 남은 길은 네게 맡기겠다."

황재하는 이를 악물고 작은 소리로 대답했다. "네, 전하. 염려 마십시오."

한여름 매미가 울고, 먼 산은 푸르렀다. 머리 위로 높이 자란 나무가 햇빛을 가려주었다. 두 사람은 허름한 절간에 앉아 따끈한 고기 국물을 나눠 마셨다. 고개를 들어 상대방의 초췌해진 모습을 보니 자신의 모습도 상상이 되어 둘은 절로 실소를 터뜨렸다.

황재하는 탕의 맑은 향을 맡으며 긴 한숨을 내쉬었다. "사실 생각해보면, 우리가 이렇게 산 속에서 생활하는 것도 제법 괜찮은 것 같아요. 세상일에 복잡하게 얽히지 않아도 되고, 조정의 암투와 경쟁에서도 자유로울 수 있을 테니 말이에요……."

이서백은 가만히 고개를 끄덕이다가 무언가 생각에 잠긴 표정으로 황재하를 돌아보며 방금 황재하의 입에서 나온 말을 무심코 따라했다. "우리가?"

황재하는 그제야 자신의 말속에 애매한 의미가 담겨 있음을 느끼고는 난처하기도 하고 부끄러워 재빨리 그릇을 받쳐 들어 얼굴을 가렸다. 그러고는 당황한 마음을 숨기기 위해 황급히 말을 돌렸다. "당분간 저희가 좋은 날을 보낼 수 있을지 없을지는 모두 전하의 사냥 결과에 달렸겠네요."

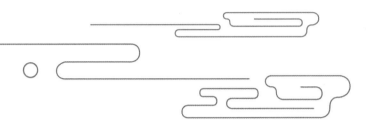

첩첩산중을 벗어나자 산허리 쪽에서 풀을 뜯는 양 떼가 보였다. 잘 정돈
된 밭과 드문드문 자리한 민가, 순탄하게 뻗은 길을 보며 두 사람은 그제
야 안도의 한숨을 내쉬었다.

  길을 따라 계속 앞으로 나아가다 보니 드디어 작은 마을이 나타났다.
마침 저녁이 가까워 집집마다 밥 짓는 연기가 모락모락 피어오를 뿐, 유
난히 조용한 마을이었다. 귀하신 기왕 전하는 당연히 수중에 돈 같은 것
은 지니지 않았고, 황재하는 원래 빈털터리였다. 다행히 포로에게서 앗아
온 꾸러미에 돈푼이 있어서 마을에서 먹을 것도 좀 사고, 낡은 옷도 사서
갈아입었다.

  이미 성도부에 거의 인접한 마을이었던지라 몇 시진 가지 않아 드디어
성도부에 당도했다.

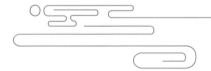

"열세 살 때 부황이 돌아가시고 지금의 폐하가
등극하신 후, 나는 긴 세월을 불안과 염려 속
에 살아야 했다. 그때 나는 매일 생각했다. 다
음은 내 차례가 아닐까 하고.

4년 전에 방훈이 서주에서 난을 일으켰을
때 나는 반란을 다스리러 가겠다고 자청했다.
당시 조정이 내게 내린 군사는 수천 명에 불과
했고, 그마저도 전부 나이 들고 허약한 자들이
었다. 하지만 나는 조금도 두렵지 않았다. 어
쩌면 그 불안에서 벗어날 수 있는 기회가 될지
도 모른다 생각했으니까……."

사실, 서주로 향하던 이서백이 원한 것은 궐
기할 기회가 아니라 자신이 납득할 만한 방식
으로 죽음을 맞는 것이었다.

그런데 그 한 번의 전쟁으로 여섯 절도사의
충심을 얻고 개선장군이 되어 조정으로 돌아
왔다. 그 일이 바로 이서백이 조정에서 막강한
권력을 쥐게 된 서막이었다.

"그 후 나는 다시 기왕에 봉해지고, 잠시 그
렇게 영예를 얻는 듯싶었다. 하지만 여전히 하
루하루가 평안하지 않았지. 매 순간 양쪽 세력
사이에서 한쪽이 버리는 희생양이 되거나, 또
다른 쪽의 목표가 되거나 했다. 수많은 사람이
내가 이 세상에서 사라지기를 바랐지."

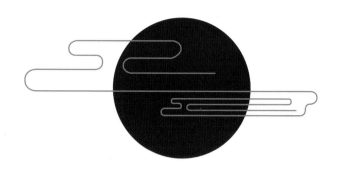

공손연은 자신을 향한 조명을 받으며 본격적으로 검무를 시작했다. 검광이 회전할 때마다 빛줄기가 초승달 무늬를 그리고 또 그렸다. 마치 신이 해와 달을 이끌고 내려와 어둠 속에 수많은 초승달을 던지는 듯 보였다. 초승달을 닮은 그 빛의 흔적이 어찌나 생동감 있는지, 출렁이는 물결처럼, 흘러가는 구름처럼 공손연의 모습을 온통 현란한 빛으로 둘러쌌다.

순간 초승달 빛이 흩어지고 공손연이 정자 안을 누비며 나는 듯이 춤을 추었다. 검 끝이 파르르 떨리며 별빛 같은 섬광을 곳곳에 뿌려, 공손연이 찬란한 별무리에 감싸인 것처럼 보였다. 화려한 비단옷이 불빛 속에서 눈부시게 반짝이는 모습에 사람들은 잠시도 눈을 떼지 못했다.

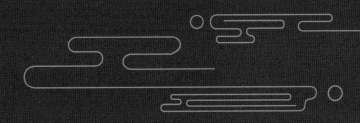

남자가 입고 있는 흰색 면 옷에는 희미
하게 은색 동심초 무늬가 수놓여 있었
다. 빗길에 쓰러진 터라 아이의 온몸이
오물과 진흙 범벅이었지만 남자는 전혀
개의치 않고 혼절한 아이를 조심스럽게
자신의 품에 안았다.

이를 지켜보던 사람들은 고결해 보이
는 한 남자가 더러운 아이를 다정하게
대하는 모습에 다들 멀뚱멀뚱 쳐다보
며 어리둥절해했다.

황재하는 우산을 들고서 마치 비의
장막이 이쪽과 저쪽을 갈라놓은 듯 빗
줄기 너머의 남자를 바라보며 잠시 머
릿속에서 현실이 지워진 듯했다.

그와 다시 만날 거라고는 생각도 못
했다. 그것도 이런 상황에, 이런 빗속에
서 말이다.

황재하도 때마침 정신이 돌아와 이를 악물며 간신히 몇 마디 내뱉었다. "소인 기왕부 환관 양승고, 귀하가 뉘신지 모르오나……."

남자는 장안을 집어삼킬 듯 내리는 빗줄기 너머로 가만히 황재하를 응시했다.

한때는 남자의 맑고 깨끗한 눈망울이 황재하를 따뜻하고 사랑스럽게 바라보며, 기뻐할 때는 마치 별과 같이 빛났고, 낙심할 때는 가을 호수처럼 투명하고 어두웠다. 그러나 지금은 그저 심연의 얼음처럼 차갑기만 한 그 눈빛에 황재하의 마음이 깊은 어둠 속으로 가라앉았다. 가라앉았고, 가라앉고, 또 가라앉았다…….

하늘에서 쏟아지는 무수한 빗줄기가 우산 위를 강하게 때렸다. 비가 세차게 내리는 탓에 보이는 것은 흐릿한 잿빛의 흔적뿐, 온 천지가 흐리멍덩했다.

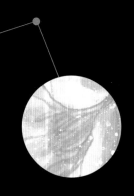

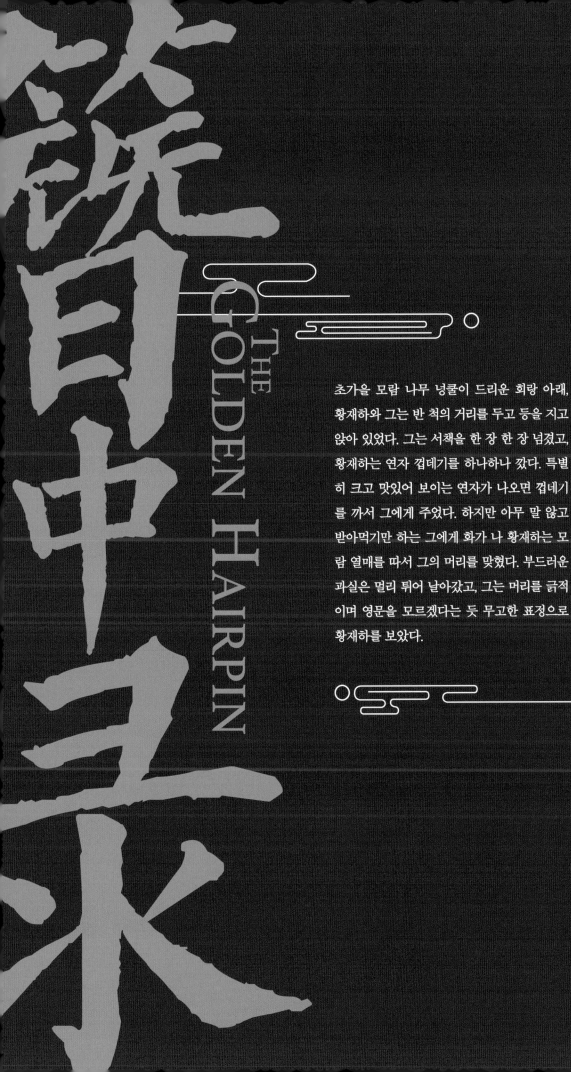

THE GOLDEN HAIRPIN

초가을 모람 나무 넝쿨이 드리운 회랑 아래,
황재하와 그는 반 척의 거리를 두고 등을 지고
앉아 있었다. 그는 서책을 한 장 한 장 넘겼고,
황재하는 연자 껍데기를 하나하나 깠다. 특별
히 크고 맛있어 보이는 연자가 나오면 껍네기
를 까서 그에게 주었다. 하지만 아무 말 않고
받아먹기만 하는 그에게 화가 나 황재하는 모
람 열매를 따서 그의 머리를 맞혔다. 부드러운
과실은 멀리 뛰어 날아갔고, 그는 머리를 긁적
이며 영문을 모르겠다는 듯 무고한 표정으로
황재하를 보았다.

그렇게 사군부 앞에 얼마나 오랫동안 서 있었을
까. 날이 밝아올 즈음 문을 열고 나온 황재하가
그곳에 서 있는 우선을 보고 깜짝 놀랐다. 황재하
는 황급히 우선의 몸에 쌓인 눈을 떨어주다 어깨
에 쌓였던 눈이 이미 체온에 녹았다가 얼어 옷과
피부가 하나로 얼어붙은 것을 발견했다.

  우선은 눈앞을 가린 희미한 어둠 속에서 흐릿하
게 보이는 황재하의 얼굴을 보았다.

  우선이 사랑한 여인, 황폐한 우선의 인생에서 가
장 눈부시게 피었던 꽃, 우선의 사람, 황재하.

  우선의 철천지원수, 사무친 원한, 지고한 사랑.

워낙 민첩한 왕온인지라 가볍게 바닥을 굴렀을 뿐 큰 부상은 없었지만, 원래 입었던 상처 부위가 바닥에 부딪혀 다시 찢어지는 바람에 옷에 혈흔이 붉게 배어 나왔다.

왕온이 몸을 일으키기도 전에 황재하가 말에서 내려 어장검으로 왕온의 목을 겨누었다. 검은 원래 연회 시작 전에 나푸사의 몸에 놓아두었으나, 조금 전에 나푸사의 상태를 살펴보는 척하며 꺼내어 소맷자락 안에 숨겼던 것이다.

왕온은 무기력하게 바닥에 엎어진 채 가슴 쪽에 심한 통증을 느끼며 황재하를 올려다보았다.

지난 번 산에서 그랬던 것처럼, 아무도 없는 고요한 길에서 왕온은 다시 한 번 황재하의 연기에 제압당하고 말았다.

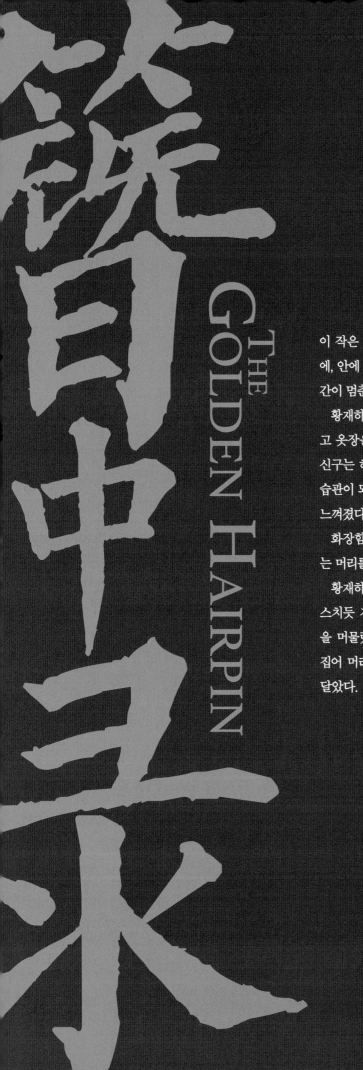

THE GOLDEN HAIRPIN

이 작은 누각은 반년 동안 봉해진 상태로 있었기에, 안에 있던 물건들도 모두 그대로였다. 마치 시간이 멈춘 것 같은 느낌이 들었다.

황재하는 지난밤에 쓰고 남은 물로 세수를 하고 옷장을 열어 명주옷과 명주 버선을 골랐다. 장신구는 하지 않았다. 여러 달 가슴을 동이던 것이 습관이 되어, 그냥 옷을 입으려니 오히려 어색하게 느껴졌다.

화장함을 열어 약간 녹이 슨 청동거울을 세우고는 머리를 간단히 틀어 올렸다.

황재하의 손가락이 화장함 안의 여러 비녀 위를 스치듯 지나갔다. 이서백이 준 비녀에 손이 한참을 머물렀으나, 결국엔 가장 소박한 백옥 비녀를 집어 머리에 찔러 넣고, 남해 진주 귀고리를 귀에 달았다.

네 번째 비녀

하늘이 기울다

이서백은 한 걸음 한 걸음 천천히 계단을 내려와 황재하에게 다가갔다.

바람 속에서 황재하의 노란 치마가 조금씩 펄럭이고, 검은 머리카락이 흩날렸다. 황재하가 미소 짓자 이서백의 두 눈에서 반짝이던 별이 가볍게 동요했다.

이서백의 가슴을 돌던 숨결도 덩달아 어지럽게 흩어져 호흡마저 거칠어졌다. 가슴속 피가 거꾸로 솟아오르며 추워졌다 더워졌다를 반복했다. 이서백은 지금 자신이 느끼는 감정이 기쁨인지 슬픔인지 분간되지 않았다.

이서백은 황재하와 두 걸음 정도 떨어진 거리에 멈춰 서서 물었다. "왜 온 것이냐?"

"어떻게 기다립니까? 내년 가을까지 기다렸다가 전하의 마지막 편지를 받으라고요?" 황재하는 긴 한숨을 쉬었다. 얼굴에는 여전히 미소를 띠었으나 두 입술은 미세하게 떨리고 있었다. 호흡을 고르는 것도 쉽지 않아 보였다. "물론 전하께서 모든 일을 잘 처리하시고 무탈하게 돌아오시리라는 것은 저도 압니다. 하지만…… 제가 인내심이 그리 좋지 않아서요. 게다가 손에 아무것도 없이 그냥 기다리는 것보다는 뭐라도 붙잡고 있는 걸 더 좋아합니다……. 제 손에 쥐고 있어야 안심할 수 있다고요."

자색 옷을 입은 스무 살가량의 남자가 서 있었
는데, 피부는 투명하게 빛나고 나이에 비해 더
욱 순수해 보이는 사람이었다. 이마 정중앙에
난 붉은 점이 새하얀 피부와 새까만 머리카락
을 더욱 돋보이게 하여 범상치 않은 기운을 풍
겼다.

이런 장소에 이 연령대, 그리고 이마 한가운
데에 붉은 점이 있는 사람. 황재하는 즉시 이
사람의 신분을 생각해내고는 미소를 머금고
있는 남자를 향해 급히 몸을 굽히며 예를 올렸
다. "악왕 전하."

악왕 이윤. 왕제들 중 가장 성격이 좋고 친
절하고 따뜻한 인물이었다. 이윤이 웃으면서
황재하를 향해 고개를 끄덕이다가 시선을 황
재하의 얼굴에서 멈추더니 물었다. "이 궁중
사람인가? 어느 공공이 그대를 데리고 온 것이
냐? 어찌 이곳까지 보낸 거지?"

태비가 청동거울을 앞으로 잡아당기더니 그 뒷면 틈 사이에 잘 접어 숨겨둔 종잇조각 하나를 끄집어냈다. 그러고는 그 종잇조각을 이윤에게 건네주며 이상하리만치 흥분한 눈빛으로 아들을 바라보았다. "윤아, 이것 보렴. 이 어미가 천신만고 끝에 그려서 숨겨놓은 것이란다. 이제 부디 네가 잘 보관 하려무나……. 이는 천하의 존망이 걸린 것이야. 명심하거라! 절대 잊지 말아야 한다!"

이윤은 아무 말 없이 그 종이를 건네받아 자세히 살펴보았다. 종이 위에는 거친 먹 놀림으로 무언가를 두세 개 그려놓은 것 같았는데, 그 모양이 규칙이 없고 선 또한 엉망인 터라 무엇을 의미하는 그림인지 알아볼 도리가 없었다.

이윤은 영문을 알 수 없는 그 기이한 그림을 들여다보다 아무 말 없이 원래 모양대로 접어 소매속에 집어넣었다. "네, 어마마마. 명심하여 잘 보관하도록 하겠습니다."

베개에 몸을 반쯤 기대 누워 있던 태비는 아들이 그림을 챙기는 모습을 보고서야 안도의 한숨을 내쉬었다. 그러고는 다시 입을 열어 쉰 목소리로 말했다. "윤아, 잊지 말거라. 절대 기왕하고 가까이 지내서는 아니 된다……."

언제 그 높은 난간까지 올라갔는지, 이윤은 한참을 찬바람 속에 미동도 않고 서 있었다. 바람이 매섭게 불어와 바닥에 쌓인 눈이 흩날렸다. 눈송이가 이윤의 자색 옷과 머릿결 위로 내려앉았다.

이윤이 크게 소리쳤다. "절대 가까이 오지 마라! 한 발자국만 더 다가오면, 본왕은 바로 뛰어내릴 것이다!"

난간 쪽으로 뛰어가던 호위병들은 모두 그 자리에 멈춰 서는 수밖에 없었다.

이윤이 손을 들어 이서백을 가리키며 말했다. 목소리가 떨리긴 했으나 또렷하고 명확하게 들려왔다. "넷째 형님…… 아니! 기왕 이자! 갖은 꼼수와 계략으로 조정의 기강을 추잡하게 만드는 놈! 오늘 나 이윤이 죽음을 택하는 것은 너의 그 위협으로 인해 더 이상 다른 선택이 없기 때문이다!"

이윤의 말을 들은 사람들은 장안에 떠도는 괴소문을 떠올렸다. 무리의 시선이 일제히 이서백에게로 모였다.

전혀 생각지도 못한 일이다. 이서백에게 치명상을 입힐 그 첫 번째 일격이 이윤에게서 나오리라고는 전혀 예상치 못했다.

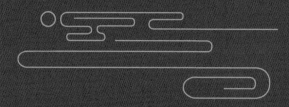

황재하는 수많은 물고기가 헤엄치는 회랑
을 따라 한참을 배회하며 걸었다.
　벽면 어항 물의 온도를 따뜻하게 유지해
주기 위해 벽 내부 바닥은 주방 아궁이 쪽
과 연결되어 있었다. 아궁이의 따뜻한 기운
덕에 어항은 이 추위에도 얼지 않았다.
　황재하는 이서백이 한 말을 떠올렸다. 물
고기는 어리석은 생물이라, 아무리 마음 깊
이 새긴 기억이라 해도 손가락을 일곱 번
튕기는 동안의 시간만 지나면 감쪽같이 잊
어버리고 만다고.
　아주 깔끔하고 깨끗하게 말이다. 잔인하
면서도 동시에 유쾌한 삶이기도 했다.
　왕종실이 말했었다. 다음 생애에는 아는
것도 없고 느끼는 것도 없는, 그저 한 마리
물고기로 살고 싶다고.
　황재하는 회랑 끝에 이르러 다시 회랑 초
입으로 돌아왔다. 그 끝에 자신이 놓아둔
유리병 속 물고기 두 마리를 보았다. 아가
십열 두 마리가 서로 닿으며 만나는가 싶
더니 각자 제 갈 길을 갔다. 아마도 이 두
마리가 다시 만날 때에는 또 한 번 첫 만남
이 될 터였다.

이서백은 황재하의 눈을 가린 담비 털 몇 가닥을 걷어주었다. "가자, 네게 보여줄 것이 있다."

황재하는 이서백을 따라 영창방을 나와 동쪽으로 향했다.

가는 길 내내 폭죽 소리와 생황 소리, 노랫소리가 뒤섞여 들려와, 온 장안성에 명절 분위기가 가득했다. 장안의 각 방은 오늘 밤 등롱을 높게 내걸고 밤새 불을 밝혔다. 섣달그믐부터 사흘간은 야간 통행금지도 없었기에, 깊은 밤인데도 어린아이들이 거리에 나와 장난을 치고 놀았다. 조금 더 큰 아이들은 대추와 말린 씨앗을 한 움큼 쥐고 문 앞에 앉아서 부모님에게 받은 물건들을 침 튀기며 자랑했다.

황재하는 순간 뭔가 생각나 소매 속을 더듬거려, 시종들에게 나눠주고 남은 붉은 봉투를 꺼내 이서백에게 건넸다. "전하께도 드릴게요. 새해 선물이에요."

이서백은 봉투를 건네받아 안에 든 물건을 꺼내 보았다. 황금으로 만든 얇은 나뭇잎으로, 흔히 보이는 평범한 것이었다. 필시 곁에 있는 자들을 위해 명절 선물로 준비했던 것이리라 생각하며, 이서백은 황금 나뭇잎을 소매 안에 집어넣고 미소를 지었다.

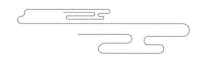

왕종실이 차갑게 소리 내어 웃더니 팔짱을 끼고 말했다. "몸속에서 부화한 아가
십열은 오랜 시간 사람 몸에 기생해 살면서 그 사람을 감쪽같이 다른 이로 만들
어버릴 수 있지."

"예전에 아가십열의 전설에 대해 들었던 것이 생각났습니다. 석가모니 곁에 있
던 용녀가 순간 흩날리듯 물고기로 변한 거라고요." 황재하는 고개를 돌려 물속
에서 조용히 유영하는 두 마리 아가십열을 보며 천천히 말을 이었다. "순식간에,
흩날리듯 변한다……. 모든 일에는 반드시 그 원인이 있지요. 물고기를 그리 설명
했다면, 필시 그 물고기에 대한 사람의 관점과 관련이 있으리라 생각했습니다. 그
렇다면 기이한 맹독 같은 것으로 사람을 미치게 만드는 물고기이지 않을까 했지
요……."

"아니, 사람을 미치게 만들진 않네." 왕종실이 천천히 고개를 내저으며 말했다.
"또한 독성이 있긴 하나 치명적이진 않지. 아가십열은 사람을 망상에 사로잡히게
만들며, 그 사람이 중요하게 생각하는 것에 더욱 집착하고 분별없는 행동을 하게
만드네. 결국 그 집념에 사로잡혀 죽어야만 끝이 나지."

황제를 안고 있던 황후는 황제의 몸이 미세하게 경련을 일
으키는 것을 느꼈다. 순간 가슴이 덜컹하며 이마에 가는 땀
방울이 맺혔다. 황후는 아랫입술을 깨물고는 천천히 손을
들어 옆에 있던 등촉을 가까이 가져와 황제의 눈꺼풀을 들
어 올려 비춰보았다. 풀어진 동공이 매우 느리게 수축했다.

　황제는 정신이 몽롱했으나 이미 깨어나 있었다. 힘없이
황후의 손을 잡은 채 입술을 몇 번 달싹였지만 소리에 힘
이 없고 주변이 부산한 탓에 황후에게도 정확히 들리지 않
았다.

　"폐하, 천천히…… 천천히 말씀하시옵소서." 황후는 고
개를 숙여 황제의 입에 귀를 가까이 가져다 댔다.

　황제는 간신히 입을 움직여 소리를 냈다. "기왕……."

　황후는 고개를 끄덕이고는 다시 고개를 들어 장경에게
말했다. "기왕에게 입궁하라 전하거라."

　황제가 다시 황후의 옷깃을 붙잡았다. 입술이 바람에 흔
들리는 촛불처럼 파르르 떨렸다. 황제는 더 이상 소리를
낼 힘도 없어 간신히 입 모양으로만 말했다.

　"기왕을 죽이시오."

이서백은 몸을 굽혀 바닥에 무릎 꿇은 황재하를 응시하면서, 입가에 옅은 미소를 띤 채 나지막이 물었다. "그럼, 너는 내가 어찌하길 원하느냐?"

황재하는 손을 들어 이서백의 두 팔을 붙잡고는 초조한 음성으로 말했다. "전하께선 타고난 재인이니 분명 가장 좋은 방비책을 마련하실 수 있을 것입니다. 그저…… 위험한 길에 뛰어들지 않으시면 좋겠습니다!"

"그러게, 너는 너무 순진하다." 이서백은 그윽한 눈으로 황재하를 바라보았다. 황재하가 무의식중에 두 팔로 자신의 팔꿈치를 붙잡은 것을 보고는 갑자기 씨익 웃더니 양팔을 펼쳐 황재하를 번쩍 안아 올렸다. 이서백의 두 팔 위에 안긴 황재하는 마치 구름 한 뭉치처럼 작고 가벼웠다.

황재하는 순간 어리둥절해하다가, 이내 두 뺨을 붉게 물들이며 몸부림쳤다. "전하, 저는 지금 전하께 진지하게 말씀을……"

이서백은 황재하가 자세히 볼 수 있
도록 비녀를 눈앞에 가까이 가져다주
었다.

햇빛을 받은 비녀 위로 매우 가늘
고 작은 글자들이 보였다. 머리카락
처럼 가늘게 조각되어 쉽게 알아보기
힘들었다.

마음 깊이 품고 있거늘, 어느 날엔
들 잊으리오.

의아한 표정으로 비녀를 받아 든
황재하는 다시 자세히 살펴보며 물
었다. "이 비녀는 전하께서 주신 뒤로
늘 제 품에서 떠난 적이 없는데, 언제
여기다 글자를 새기셨습니까?"

이서백은 대답은 않고 그저 미소를
머금고 황재하를 보았다. 두 사람 뒤
에 찬란하게 서 있던 꽃나무가 바람
도 불지 않는데 스스로 꽃잎을 떨어
뜨렸다. 두 사람 위로 천천히 꽃비가
내렸다.

황재하는 순간 깨달았다……. 그렇
다면, 이서백이 비녀를 선물한 그때일
수밖에 없었다.

오래전, 이서백이 여전히 차가운 말
들로 황재하를 대하며, 황재하의 체면
에는 무관심으로 일관하던 그때였다.

그때 이미 이서백은 이 구절을 황
재하에게 선물한 것이다.

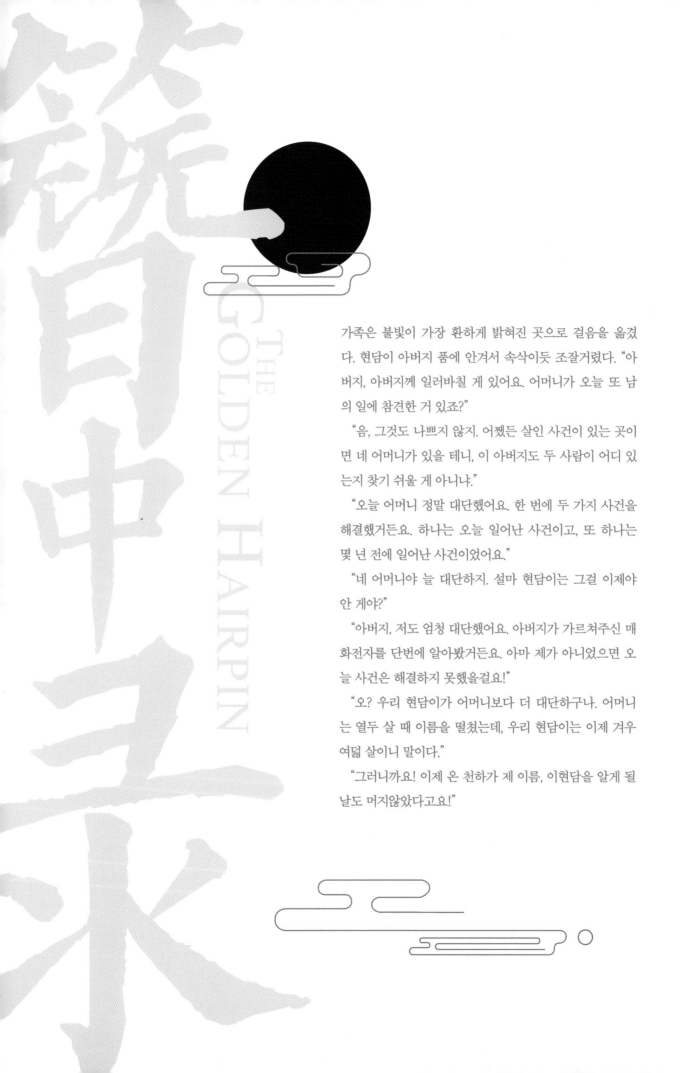

가족은 불빛이 가장 환하게 밝혀진 곳으로 걸음을 옮겼다. 현담이 아버지 품에 안겨서 속삭이듯 조잘거렸다. "아버지, 아버지께 일러바칠 게 있어요. 어머니가 오늘 또 남의 일에 참견한 거 있죠?"

"음, 그것도 나쁘지 않지. 어쨌든 살인 사건이 있는 곳이면 네 어머니가 있을 테니, 이 아버지도 두 사람이 어디 있는지 찾기 쉬울 게 아니냐."

"오늘 어머니 정말 대단했어요. 한 번에 두 가지 사건을 해결했거든요. 하나는 오늘 일어난 사건이고, 또 하나는 몇 년 전에 일어난 사건이었어요."

"네 어머니야 늘 대단하지. 설마 현담이는 그걸 이제야 안 게야?"

"아버지, 저도 엄청 대단했어요. 아버지가 가르쳐주신 매화전자를 단번에 알아봤거든요. 아마 제가 아니었으면 오늘 사건은 해결하지 못했을걸요!"

"오? 우리 현담이가 어머니보다 더 대단하구나. 어머니는 열두 살 때 이름을 떨쳤는데, 우리 현담이는 이제 겨우 여덟 살이니 말이다."

"그러니까요! 이제 온 천하가 제 이름, 이현담을 알게 될 날도 머지않았다고요!"

그 후의 이야기

정월 대보름

홰나무에 등불 꽃이 피어나고, 사람과 달이 한자리에 모이는 날.

정월 대보름 밤, 집집마다 등롱이 내걸렸다. 약하게 눈발이 날려도, 양주의 크고 작은 길과 모든 집에 어김없이 각양각색의 등촉이 걸렸다. 부잣집들은 문 앞에 천막도 치고, 그 안에 등롱을 걸어놓고 가무를 즐겼다.

양주 운소원은 강남에서 가장 유명한 가무기원(歌舞技院)이었다. 밝은 달빛 아래, 등롱이 가득한 무대 위에서 한 무리의 소녀가 노래와 춤을 선보였다. 걸음을 멈추고 가무를 감상하는 사람들이 인산인해를 이루었다. 달이 중천에 떠올랐으나 노랫가락은 끊일 줄 모르고 거리는 여전히 사람들로 북적였다. 그 인파 속에서 어느 모자(母子)만은 군중 사이에 끼어들지 않고, 그리 멀지 않은 곳의 언덕배기에 올라 소녀들의 가무를 조용히 지켜보았다.

여인은 서른이 채 되지 않아 보였고, 푸른 비단옷 차림에 눈매가 곱고 눈빛이 맑게 빛났다. 그 곁의 일고여덟 살 정도 된 남자아이는 청록색 비단옷을 입고, 봉황을 탄 신선이 화려하게 그려진 등롱을 손에 들고 있었다. 불그스름한 불빛에 비친 자그마한 얼굴은 그림 속 인물처럼 준수했다.

푸른 옷의 여인은 미소를 머금고 가무를 감상했으나, 아이는 별 관심이 없는지 등롱만 가지고 놀다가 무료한 듯 나른한 목소리로 물었다. "어머니, 아버지는 아직도 행인(杏仁) 사탕을 못 찾은 걸까요? 차라리 우리가 아버지를 찾으러 가볼까요?"

여인은 부드러운 목소리로 차분히 말했다. "현담아, 조금만 더 기다려볼까. 저 가무를 보니 엄마가 예전에 알았던 벗들이 생각나네."

아이는 고개도 들지 않고 말했다. "벗은 무슨. 살인범 아니면 살해를 당한 사람이겠죠. 어머니랑 아버지한테 살아 있는 친구도 있어요?"

여인은 웃으며 손을 들어 아이의 머리를 쓰다듬었다. "그게 무슨 소리야? 주 삼

촌이랑 왕 삼촌은? 엄마랑 아빠가 자주 데리고 가서 그 집 아이들이랑 같이 놀았잖니?"

"됐어요. 해골이나 안고 왔다 갔다 하는 주소석이랑 아직 말에 올라타지도 못하면서 자기가 대장군이라도 된 것처럼 우쭐대는 왕개양요?" 현담이 말할 필요도 없다는 듯 입을 삐죽였다. "울보 녀석들."

"넌 어렸을 때 그 애들보다 더 많이 울었어." 어머니는 봐주지 않고 반격했다.

현담이 고개를 번쩍 들고 불만 가득한 얼굴로 항변하려던 그때, 한 여인이 뭔가를 찾는 듯 두리번거리며 두 사람 가까이 다가왔다. 스무 살 가량의 여인으로 자태는 제법 고왔으나, 소박한 무명옷 차림과 하나로 틀어 올린 머리에는 아무 장식도 없어 전체적으로 무채색의 느낌이었다.

그 여자가 바로 앞까지 왔을 때 푸른 옷의 여인이 물었다. "뭘 잃어버리셨나 봐요?"

여자는 고개를 들지도 않고 미간을 찌푸리며 말했다. "네, 금비녀를 떨어뜨렸어요."

평범한 백성에게 금비녀는 특히나 귀한 물건인데, 그걸 잃어버렸다니 결코 사소한 일이 아니었다. 현담이 재빨리 등롱을 치켜들며 말했다. "길에 눈이 쌓여서 잘 안 보일 것 같아요. 제가 등을 비춰드릴게요."

"아유, 고마워라." 무명옷의 여인은 그제야 고개를 들어 눈앞의 모자를 보았다. 둘에게서 범상치 않은 기품을 느낀 여인은 필시 평민이 아니리라 생각하고 급히 예를 갖춰 말했다. "조금 전에 남편하고 둘이 저기 나무 아래에서 등을 날리려는데, 갑자기 머리가 허전한 느낌이 들어서 보니 비녀가 없지 뭐예요. 그런데 글쎄 남편이 저 혼자 온 길을 되돌아가며 찾아보라잖아요. 한데 집까지 되돌아갔는데도 못 찾았답니다……."

여자는 그렇게 말하면서 현담과 함께 언덕배기 아래 버드나무로 향했다.

푸른 옷의 여인은 언덕 위에서 두 사람을 바라보고만 있었다. 현담은 등롱으로 발밑을 비추며 여자와 함께 버드나무까지 걸어갔다. 나무 아래에 웅크리고 앉아 땅바닥을 살피던 여자가 갑자기 찢어질 듯한 비명을 질렀.

현담은 등롱을 들어 나무 아래 엎드려 누워 있는 사람의 형체를 비추었다. 그러고는 푸른 옷의 여인을 향해 외쳤다. "어머니, 여기 시신이 있어요!"

정월 대보름이라 순찰을 도는 포졸들이 적지 않았다. 마침 근처에 있던 포졸들이 비명 소리를 듣고 곧장 달려왔다. 포졸들은 몰려드는 구경꾼을 뒤로 물리랴, 바닥에 엎드려 누운 남자를 살펴보랴, 수첩을 들고 여자를 심문하랴, 분주했다.

"제 남편이에요. 이름은 아성이고요. 저는 위 가고, 다들 저를 흠 낭(娘)이라 부르고요……." 여자는 곧 숨이 넘어갈 것처럼 울며 간신히 말을 이었다. "남편은 손재주가 있어서 장신구를 만들어 먹고살았어요. 작년에 여기로 피난을 와서 저기 홰나무가 있는 우물 근처에 살고요. 조금 전에 등을 날리러 나왔다가 갑자기 비녀가 없어져서 비녀를 찾으러 집까지 갔다 돌아왔는데, 비녀는 못 찾고 어떻게 이런 일이……."

현담은 등롱을 든 채 어머니 곁에 서서 부인의 말에 귀를 기울이며 포졸들이 시신을 살피는 모습을 지켜보았다. 시신은 스물일고여덟 살가량의 남자로 목이 흉기에 베였고, 뿜어져 나온 피는 날리는 눈발에 덮여 가려졌다. 눈밭 위에 엎드린 몸 위에도 엷게 눈이 쌓였고, 손에는 금비녀를 꼭 쥐고 있었다.

대여섯 해 전에 유행한 양식의 금비녀였다. 당시에는 비녀에 여인의 이름을 즐겨 새겼는데, 이 비녀는 매화전자로 글씨가 새겨져 있었다. 언뜻 우아해 보이나 비녀를 만든 이가 매화전자에 익숙지 않은 모양으로, 글자체가 서툴러 그저 획만 맞게 그어놓은 것 같았다. 다만 글자의 왼쪽 부분 '음(音)' 자만은 비파 위에 그림을 그리듯 제법 공을 들여 새긴 듯했다.

현담이 어머니의 귓가에 대고 나지막이 말했다. "어머니, 저건 '운' 자잖아요."

여인이 고개를 끄덕였다. "매화전자의 '운(韻)'과 '흠(歆)'은 꽤 비슷하게 생겼지."

포졸 하나가 시신이 손에 쥔 비녀를 가리키며 흠 낭에게 물었다. "부인이 찾던 게 이 비녀인가요?"

흠 낭은 두 손에 얼굴을 파묻었다. 손가락 사이로 눈물이 주룩 흘러내렸다. "네…… 그 비녀예요. 분명 없어졌었는데, 아무리 찾아도 보이지 않던 것이 어떻게 이 사람 손에……."

포두는 잠시 생각에 잠긴 채 눈 위에 나타난 흔적과 시신이 손에 쥐고 있는 비녀를 번갈아 바라보다가 입을 열었다. "볼 것도 없이, 부인이 남편을 죽인 거네."

흠 낭은 순간 휘청하더니 바닥에 풀썩 주저앉아서는 필사적으로 고개를 저으며 떨리는 목소리로 말했다. "제, 제가 죽이다니요! 저희는 혼인 후로 지금껏 서로를 무척 아끼며 살아왔다고요……."

포두가 못 들어주겠다는 듯이 부인의 말을 끊었다. "아까 우리가 왔을 때부터 이미 훤히 다 보이더구먼. 눈 위에 발자국이 네 줄 있었잖소. 왔다가 돌아간 이 두 줄은 부인 거고, 다른 두 줄은 나무 아래로 걸어온 발자국인데, 눈에 반쯤 묻힌 큰 발자국은 남편 거고, 작은 거는 이 아이 발자국이겠지. 눈이 내린 지 족히 두 시진은 됐는데 시신에 아직 체온이 있는 걸 보면 남자가 숨진 지 얼마 되지 않았단 얘기고, 그동안 세 사람 외에 이 나무 근처에 왔다 간 사람의 흔적이 없지 않소. 이 아이는 조금 전에 부인이랑 함께 왔으니 당연히 범인이 아니고, 그럼 용의자는 부인밖에 없잖소."

다른 포졸도 옆에서 거들었다. "부인이 범인이 아니라면, 남편이 왜 부인의 비녀를 꼭 쥐고 있겠어요?"

"억울해요. 제…… 제가 죽이지 않았어요!" 흠 낭은 사색이 되어 필사적으로 고개만 내저을 뿐, 뭐라고 변명의 말도 하지 못했다.

"끌고 가." 포두가 손을 내젓자 포졸들이 쇠사슬로 금세 부인을 포박했다.

포졸들이 거칠게 부인을 잡아끄는 모습에 현담의 눈살이 찌푸려졌다. 현담은 시신이 쥐고 있는 비녀에 잠시 시선을 주었다가 어머니의 소맷자락을 잡아당겼다.

여인이 현담의 머리를 쓰다듬으며 포두를 향해 낭랑한 목소리로 말했다. "포두 나리, 제 생각에 그 부인은 범인이 아닌 것 같은데, 괜찮으시다면 제 생각을 말씀드려봐도 될는지요?"

포두는 상대할 가치도 없다는 듯 여인을 흘끔 쳐다보았다. "아녀자의 의견 따위로 공무를 방해할 생각은 마시오."

포두의 푸대접에도 여인은 미소를 보이며 품에서 영패를 꺼냈다. "기왕부 사람입니다. 편의를 한번 봐주시면 고맙겠습니다."

포두는 순간 어리둥절했으나, 금테를 두르고 은으로 상감한 영패를 보니 칙명으로 만들어진 것이 분명한지라, 황급히 포졸들과 함께 여인을 향해 예를 갖추었다. 목소리마저 떨렸다. "기왕 전하께서 천하에 이름을 떨치신 후로 전하를 흠모해온 지 오래입니다! 전하께서 왕비 전하와 함께 여러 해 전에 장안을 떠나 두루 돌아다니신다는 이야기를 들었고 간혹 두 분의 행적을 듣기도 했지만, 이 먼 양주하고는 상관없는 일인 줄로만 알았는데……. 그럼 기왕 전하가 지금 양주에 계시는 겁니까?"

여인도 예를 갖추며 대답했다. "전하께선 오시지 않았습니다. 그저 제가 양주에 일이 있어서 들렀지요."

포두가 재빨리 다시 물었다. "왕비께서도 왕년에 기이한 사건들을 많이 해결하셨다고 들었습니다. 저희들이 얼마나 존경하는지 모릅니다. 부인께서는 왕비 전하 곁에 계시는 분인가요? 이 사건을 어떻게 보십니까?"

"정말 저 부인의 소행이었다면, 범행 후 왜 이렇게 빨리 현장으로 돌아와 화근을 만들었을까 하는 의문이 들었을 뿐입니다." 여인은 자신의 신분에 대해서는 아무 대답도 하지 않고 영패를 다시 품에 챙겨 넣은 뒤, 나무 아래 시신을 보며 말했다. "눈 위에 찍힌 발자국은 계속 내린 눈에 거의 묻혔으니, 부인은 조금 전 언덕 위에서 남편이 이미 자리를 떴다고 말한 뒤 슬그머니 달아나도 되는 상황이었지요. 더 시간이 지나면 모든 발자국이 눈에 덮이고 사망 시간도 추정하기 어려웠을 테니, 부인이 좀 더 나중에 돌아왔다면 남편이 숨진 당시 누가 현장에 있었는지 밝혀낼 길이 없었을 겁니다. 그러면 단순한 강도 살인 사건으로 결론 날 가능성이 높지 않겠습니까?"

포두는 고개를 끄덕이면서도 여전히 의구심을 가지고 말했다. "때로는 범인들이 그렇게 어리석기도 하지요. 저도 그런 경우를 본 적이 있고요……."

"잠시 부인과 몇 마디 나누도록 해주시겠어요?" 여인은 부인을 부축해 일으켰다. 이마 앞으로 헝클어진 부인의 머리를 매만져주며 나지막한 소리로 물었다. "운 낭이 누구인가요?"

흠 낭의 창백한 얼굴이 순식간에 새파랗게 질렸다. "부인이…… 운 낭을 어떻게 아시죠?"

여인이 부드러운 목소리로 말했다. "누명을 벗고 싶다면 제게 빠짐없이 말해주세요."

"그런데…… 저희가 고향을 떠나 이곳 양주로 온 게 지난해 말인데, 어떻게 운 낭을 아시는 건지……."

푸른 옷의 여인이 온화하지만 단호한 표정으로 바라보자, 흠 낭은 잠시 망설이다가 결국 떨리는 입술을 열어 중얼중얼 말했다. "운 낭하고 저는 같은 날에 태어났어요. 이름도 한날 문중 어른이 함께 지어주셨고요. 우리가 살던 마을은 위 씨 가문이 모여 살아서, 온 동네 사람이 다들 멀고 가까운 친척 관계였어요……. 우리가 대여섯 살 때 운 낭의 어머니가 의지할 곳 없던 먼 친척 아성을 집에 거두고, 아직 어리던 둘을 일찌감치 정혼시켰어요. 놀 때는 늘 우리 셋이 같이 놀았지만, 사실 그 둘의 관계는 달랐던 거죠……."

푸른 옷의 여인은 시선을 내려뜨리고 담담하게 말했다. "하지만 훗날 아성과 혼인한 사람은 부인이고요."

"네……. 원래는 운 낭이 아성과 혼인해야 했죠. 저도 몇 번 얼굴을 본 정혼자가 있어서, 우리 둘 다 각자 혼수를 준비했어요. 아성이 성에 있는 금은방에서 기술을 배운지라, 혼수로 할 비녀는 아성에게 부탁했죠. 둘이 똑같은 모양으로 만들고, 우리 각자의 이름도 새겨달라고요." 흠 낭이 초점 잃은 눈으로 남편 손의 금비녀를 응시했다. 초췌한 얼굴에 처량한 표정이 드리웠다. "지금은 저런 모양이 별로 인기 없지만 그때는 꽤 유행이었고 우리도 무척 소중히 아꼈어요. 지금까지도 화장함 제일 깊숙이 보관하고 있다가 명절 때만 한 번씩 꺼내어 꽂을 정도로요……."

현담은 이해하기 어려운 이야기여서 무료함에 눈만 껌뻑였지만, 어머니가 진지하게 듣고 있는 걸 보고는 계속해서 귀를 기울였다.

"그때 우리 둘은 각자 집에서 혼례복을 만드느라 무척 바빠서, 비녀를 챙긴 후로는 다시 만나지 못했어요……. 그런데 혼례 날이 가까워졌을 때, 운 낭이 외할머니의 전갈을 받았대요. 할머니가 다리가 불편한데 손녀가 출가하기 전에 얼굴이라도 한 번 더 보고 싶다고요. 그래서 외할머니 집에 가려고 운 낭이 길을 나섰는데, 마침 며칠 동안 큰비가 내려서 산길이 빗물에 엉망이 됐던 거예요. 그때 운 낭이 발을 헛디디는 바람에……." 흠 낭은 더 이상 말을 잇기 힘든 듯 손으로 얼굴을 가렸다.

현담이 깜짝 놀라 눈을 크게 떴다.

비록 오래전 일이지만 흠 낭은 여전히 몹시 괴로운 듯 가슴을 치며 낮은 소리로 말을 이었다. "운 낭이 세상을 떠난 뒤…… 아성은 그 무덤 옆에 누워서 먹지도 자지도 않고, 자신도 따라가겠다며 난리도 아니었어요. 그때 운 낭이 제 꿈에 나왔는데, 우리가 친자매의 정을 나누었으니 더 이상 아성 곁에 있을 수 없는 자신을 대신해서 아성을 돌봐달라고 하더라고요. 그것도 며칠 밤 내내 말이에요. 저는 하는 수 없이 운 낭 대신 아성에게 시집가게 해달라고 부모님께 간청드렸지요. 문중 어르신들도 운 낭과 아성이 불쌍했는지 그 청을 허락해주셨고, 그래서 제가 아성과 혼례를 치르게 되었답니다……."

흠 낭이 털어놓는 이야기에 주위의 다른 사람들은 모두 속으로 탄식만 하고 있었는데, 푸른 옷의 여인은 이런 질문을 던졌다. "당시 운 낭의 시신은 찾았던가요?"

흠 낭이 고개를 끄덕였다. "그날 산골짜기에서 찾았는데…… 얼마나 굴렀는지 온몸이 피투성이였어요……."

"운 낭의 비녀는요?"

"그 작은 물건이 절벽 아래로 떨어졌는데 어찌 찾겠어요?" 흠 낭은 얼굴을 가린 채 울먹이며 말했다.

푸른 옷의 여인이 질문을 이었다. "그럼 부인의 이전 정혼자는요?"

"제 여동생이 그리로 시집을 갔어요. 지금은…… 굉장히 화목하게 잘살고 있어요……. 저와 아성도 그렇게 사이가 좋았는데……."

푸른 옷의 여인은 고개를 돌려 나무 아래 꼼짝 않고 누워 있는 아성을 바라보며 담담하게 입을 열었다. "그런가요? 어쩌면 부인은 좋았을 수도 있겠죠. 하지만 남편분이 연모한 사람은 어쨌거나 부인이 아니었던 거예요. 부인도 온갖 시도를 다 해봤겠죠. 심지어 친자매처럼 정을 나눈 운 낭을 죽이기까지 했지만 남편분의 마음은 얻지 못했어요."

여인의 어조가 갑자기 냉담하게 변하자 흠 낭은 순간 소스라치게 놀라 저도 모르게 몸을 움츠렸다. "그게…… 그게 무슨 소리예요! 어떻게 내가…… 운 낭을 죽였다는 거죠? 운 낭을 알지도 못하면서 함부로 지껄이지 마세요……."

포졸들은 도무지 이해가 가지 않는다는 표정으로 푸른 옷의 여인을 바라보았다. 조금 전 흠 낭이 남편을 죽였다고 결론지었을 때, 의문을 제기한 사람은 바로 그녀였다. 그런데 잠시 몇 마디 대화를 나누더니 이제는 흠 낭이 살인을 했다고 단정 지을 뿐만 아니라, 살해 대상은 이미 죽은 지 오래인 다른 인물이었다.

사람들은 영 갈피를 잡지 못하고 그저 서로 눈만 마주쳤다. 누구 하나 나서서 끼어드는 이가 없었다.

푸른 옷의 여인이 계속해서 말을 이어갔다. "남편분이 왜 갑자기 이곳에서 죽었는지 아세요? 운 낭의 죽음에 얽힌 진실을 알게 되었기 때문이에요. 어쩌면 줄곧 운 낭을 연모하고 있었는지도 모르고, 어쩌면 한 이불을 덮고 자는 사람이 살인범이란 사실을 믿고 싶지 않았을지도 모르겠네요. 부인과 함께하면서 정말로 부인을 은애했는지도 모르고요. 부인에게 직접 손을 쓸 용기는 나지 않을 정도로요. 그래서 부인의 비녀를 손에 쥐고 있었던 거예요. 그러면 자신이 운 낭을 따라간 뒤에라도, 부인은 관아에서 처벌할 테니까요. 운 낭을 위한 복수인 거죠."

흠 낭은 벌겋게 핏줄이 터진 눈으로 여인을 노려보았다. 실성한 듯 보이는 그 모습이 굉장히 공포스러웠다. "말도 안 되는 소리! 우리가…… 서로를 얼마나 은

애했는데! 최근 몇 해는 운 낭을 언급하는 일도 점점 줄어들었다고요. 그런데 어떻게…… 그이가 내가 운 낭을 죽였다고 생각했다는 거죠?"

"어쩌면 부인의 어떤 동작 하나, 어떤 말 한마디에서 돌연 깨달았는지도 모르죠. 혹은 부인이 화장함 깊숙이 숨겨둔 것이자, 자기 손으로 직접 만든 그 금비녀 때문일 수도 있겠고요……." 여인이 손을 뻗어 금비녀를 가리켰다. "평소에는 아까워서 잘 꽂지 않는다고 하셨죠. 그럼 새해를 맞을 땐 분명 비녀를 꽂았겠고요. 아마도 이번 명절 때 남편분은 자신이 직접 만든 비녀를 자세히 들여다봤다가 그만 진상을 알게 됐을 겁니다……."

흠 낭은 온몸을 떨면서 눈을 부릅뜨고 남편이 손에 쥔 비녀를 죽일 듯이 노려볼 뿐, 아무 반박도 하지 않았다.

푸른 옷의 여인이 시체 옆으로 다가가 비녀를 빼 들고 천천히 입을 열었다. "운 낭이 혼자 산길을 가다가 절벽에서 굴렀다는 말은 아마도 사실이 아니겠지요? 분명 또 다른 사람이 함께 있었을 테니까요. 바로 부인 말이에요."

현담은 등롱을 들고 입을 크게 벌린 채 반짝이는 눈빛으로 자신의 어머니를 바라보았다. 포졸들 또한 입을 떡 벌리고는 여인 손에 들린 비녀를 바라보며 이어지는 말에 귀를 기울였다.

"금 장신구는 가장 귀한 혼수였을 테니, 출가 전에 할머니를 뵈러 갈 때도 당연히 정혼자가 만들어준 금비녀를 가져가 보여드리고 싶었을 겁니다. 그리고 부인은 그 험준한 산길에서 운 낭을 따라잡았겠지요. 하지만 단숨에 운 낭을 밀어뜨리지는 않았을 테고, 잠시 밀고 당기며 몸싸움을 벌였을 겁니다. 그 과정에서 두 사람의 비녀가 땅에 떨어졌는데, 부인의 비녀는 운 낭과 함께 골짜기로 떨어지고, 운 낭의 비녀는 산길 위에 떨어졌을 거예요. 하지만 부인은 바닥에 떨어진 걸 부인 것이라 생각했겠죠. 두 사람의 이름자가 무척 비슷했으니까요. 게다가 매화전자는 쉽게 알아보기 어려운 서체이고요……."

여인은 흠 낭의 손에 금비녀를 쥐여주고는 잘 보이게 눈앞에 갖다 대주었다. "추측하기로 부인은 글을 모를 테고, 매화전자는 더더욱 모를 겁니다. 하지만 그 서체를 배운 사람이라면 이 글자가 '흠' 자가 아니고 '운' 자라는 사실을 잘 알 거예요. 비녀 위에 새긴 글씨가 너무 작은데다가, 두 글자가 워낙 비슷하게 생긴 탓에 남편분도 여러 해가 지난 후에야 알게 됐겠지요…… 이 비녀가 운 낭의 것이라는 사실을 말입니다."

흠 낭은 털썩 주저앉더니, 금비녀를 손에 꼭 쥐고서 남편을 매섭게 노려보다가 바닥에 엎드려 통곡했다.

"혼수 준비를 시작하면서 운 낭과는 다시 만난 적이 없다고 하셨는데, 그럼 죽은 운 낭의 비녀가 어떻게 언제 부인의 손에 들어갔겠습니까?"여인이 부인을 바라보며 차분한 목소리로 말했다. "어릴 때부터 함께 자라온 사이였으니 출가를 앞두고는 서로 헤어질 것을 아쉬워해야 마땅하지 않겠습니까. 그런데 갑자기 왕래가 끊겼다고요? 분명 아성 때문에 두 사람 사이에 무슨 문제가 생겼던 거겠죠. 부인은 끝내 친자매와도 같았던 운 낭의 정혼자를 빼앗았습니다. 하지만 결국 세 사람 모두의 인생을 해친 꼴이 되었네요."

흠 낭은 금비녀를 손에 꽉 움켜쥐었다. 비녀가 손바닥을 찔렀으나 아무런 고통도 느끼지 못하는 듯 그저 멍하니 앉아만 있었다.

"그런데 한 가지 풀리지 않는 의문이 있어요. 운 낭을 쫓아갔을 때, 왜 금비녀를 하고 갔던 거죠? 그날 꽂고 가지 않았다면, 비녀가 바뀔 일도 없었을 텐데요."

"저도…… 죽이려던 건 아니었어요. 그날 산길까지 쫓아간 건 그저 아성을 내게도 조금 나눠달라고 간청하고 싶어서였어요. 전…… 첩이 되는 것도 상관 없었으니까요……." 흠 낭의 목소리가 꽉 잠겨들었다. "비녀를 보여주며 말하고 싶었어요. 우리 둘이 같은 삶을 살 수 있다고요. 지금껏 늘 함께했고 똑같은 혼수품도 가지고 있으니까요. 내게 아성을 양보할 수 없다면, 우리 두 사람이 함께 아성에게 시집을 가도 되잖아요. 그렇지 않은가요……."

푸른 옷의 여인은 긴 한숨을 쉬며 낮은 소리로 말했다. "그럴 수는 없는 것이지요."

흠 낭이 가슴께를 움켜쥐었다. 흐느낌은 멎었지만 숨소리는 거칠고 무거워졌다. 손에 쥐고 있던 비녀가 어느새 가슴 깊숙이 찔려 있었다.

"맞아요…… 그럴 수 없겠죠. 운 낭도…… 단번에 거절하더군요. 그러다 실랑이가 벌어져 서로 밀치락달치락하다가, 산길이 비에 물러진 것도 모르고 운 낭이 발을 헛디디는 바람에……."

그때 포졸들이 급히 흠 낭에게 달려들어 손을 잡아뗐으나, 이미 심장을 찌른 듯 가망이 없어 보였다. 흠 낭이 눈을 크게 뜨고 푸른 옷의 여인을 쳐다보았다. 뭔가 묻고 싶은 것이 있는 듯했으나, 결국 아무 말도 하지 못하고 그대로 쓰러지고 말았다.

시신 두 구로 현장은 한바탕 소란이 일었다. 포졸들은 부부의 시신을 들어 한 곳으로 옮겨놓았다. 머리와 어깨를 나란히 하고 눕혀놓아 두 사람의 상처만 아니었다면 서로 다정히 누워 있는 것처럼 보였을 것이다.

푸른 옷의 여인은 낮게 한숨을 내쉬고 아들의 손을 잡고 돌아서며 그 자리를 떠났다.

현담은 여전히 손에 등롱을 들고 있었다. 짧아진 초는 곧 다 타버리기 직전이었다. 현담은 가물가물한 불빛 속에 고개를 돌려 버드나무 아래 눈밭에 모인 사람들을 바라보다가, 문득 무언가 떠올랐는지 재빨리 입을 열었다. "어머니, 또 한 가지 의문점이 있어요. 방금 그건 설명 안 해주셨어요."

여인이 고개를 숙여 현담을 보며 눈을 깜빡였다.

"저 남자는 자살한 거라고 하셨잖아요. 시신 주변에 흉기 같은 건 보이지 않았는데, 어떻게 죽은 거예요?"

"흉기를 옆에 두면 자살이라는 사실이 금방 드러나니, 당연히 숨겨두었겠지."

현담이 어머니의 손을 잡아당기며 물었다. "어디에요? 저는 전혀 못 봤는데요."

"당연히 보이지 않겠지. 기억 안 나? 부인이 원래는 남편과 함께 나무 아래로 등을 날리러 왔다고 했던 말. 하지만 우리가 갔을 때 현장은 깜깜했잖니. 등은 어디에도 없었어."

"그럼 등은 또 어디로 간 거죠?" 현담은 의아해하며 잠시 생각에 빠졌다가, 어머니가 고개를 들어 하늘을 보자 그 시선을 따라 함께 하늘을 올려다보았다.

부슬부슬 눈이 날리는 하늘 위로 은은한 빛이 점점이 반짝였다. 사람들이 띄워 보낸 천등이 하늘 높이 끝 모르고 날아오르는 광경이었다.

"남편이 장신구를 만드는 사람이었으니, 가볍고 얇은 칼 한 자루 만드는 것쯤은 일도 아니었을 거야."

현담은 어머니의 이야기에 눈이 휘둥그레져서 멀리 사라져가는 불빛들을 멍하니 바라보았다.

그 순간 홀홀 날리던 눈과 둥둥 날아오르던 천등이 동시에 우산에 가려졌다. 현담은 미소를 띠고 자신을 내려다보는 아버지를 보았다.

어머니도 미소를 지으며 아버지 손에서 우산을 건네받아 높이 받쳐 들었다.

아버지는 현담을 번쩍 안아 올리고는 차갑게 언 자그마한 손에 호호 따뜻한 입김을 불어주었다.

가족은 불빛이 가장 환하게 밝혀진 곳으로 걸음을 옮겼다. 현담이 아버지 품에 안겨서 속삭이듯 조잘거렸다. "아버지, 아버지께 일러바칠 게 있어요. 어머니가 오늘 또 남의 일에 참견한 거 있죠?"

"음, 그것도 나쁘지 않지. 어쨌든 살인 사건이 있는 곳이면 네 어머니가 있을 테니, 이 아버지도 두 사람이 어디 있는지 찾기 쉬울 게 아니냐."

"오늘 어머니 정말 대단했어요. 한 번에 두 가지 사건을 해결했거든요. 하나는 오늘 일어난 사건이고, 또 하나는 몇 년 전에 일어난 사건이었어요."

"네 어머니야 늘 대단하지. 설마 현담이는 그걸 이제야 안 게야?"

"아버지, 저도 엄청 대단했어요. 아버지가 가르쳐주신 매화전자를 단번에 알아봤거든요. 아마 제가 아니었으면 오늘 사건은 해결하지 못했을걸요!"

"오? 우리 현담이가 어머니보다 더 대단하구나. 어머니는 열두 살 때 이름을 떨쳤는데, 우리 현담이는 이제 겨우 여덟 살이니 말이다."

"그러니까요! 이제 온 천하가 제 이름, 이현담을 알게 될 날도 머지않았다고요!"

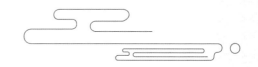

은합(銀盒)의 달콤함

기왕이 혼인하고 얼마 지나지 않아 장안에는 새로운 풍습이 유행했다.

젊은 남자들이 너나없이 납작하고 작은 은합을 요대에 매달아 지니고 다니기 시작했다. 크기는 대략 손바닥만 하고 두께는 반 촌(寸) 정도로 얇은 은합이었다. 보통은 순은에 문양을 새겼고, 더러는 구슬과 옥을 박아 넣기도 해, 가장 화려한 남자 장신구로 등극했다.

그 시작은 기왕 이서백이었다. 이서백이 매일 은합을 차고 다니며 한시도 몸에서 떼어놓지 않는 데서 유행의 바람이 일었다. 과거 독고신을 따라 모자를 비스듬히 쓰는 것이 한때를 풍미했듯, 이제는 기왕의 은합이 장안을 휩쓸었다. 장인들은 끊임없이 몰려드는 주문으로 거의 손이 마비가 될 지경이었다. 모두가 기왕의 것과 똑같은 은합을 원했다. 얼마 지나지 않아, 딸을 시집보내는 집에서는 사위에게 줄 은합을 혼수품에 포함시켰고, 장안성을 출입하는 행상들과 외지에서 부임해 온 관원들은 이 풍습을 각지로 전파시켰다. 그렇게 얼마 지나지 않아 각국의 사신들까지 대당의 풍습이라 하며 자신의 나라로 은합을 가져가, 먼 나라까지 큰 바람을 일으키며 은합이 유행했다.

"그런데 그 은합 안에는 대체 뭘 넣어 다니시는 거야?" 궁금함을 참지 못한 주자진이 겨우 기회를 잡아 황재하를 붙들고 물었다.

"아…… 그거요?" 황재하는 사람들의 이목을 피하기 위해 여전히 환관복을 입고 형부를 도와 사건 현장을 살피고 있었다. 담벼락 구석에 웅크리고 앉아 피가 흩뿌려진 흔적을 관찰하던 황재하는 그렇게만 반응하고 이내 얼굴을 붉혔다.

주자진은 그런 황재하가 수상쩍어 의심스러운 눈초리로 물었다. "숭고! 지금 혈흔 보고 있는 거 아니야? 난데없이 얼굴은 왜 붉혀?"

"그게……." 황재하는 정말 대답이 궁해 곧바로 일어나 조사 내용을 기록하러 갔다.

형부 관원이 서둘러 몸을 일으켜 황재하에게 책상과 의자를 양보했다. 어찌 되었든 '양 공공'이 기왕비라는 사실을 모르는 사람은 없었고, 삼법사(三法司)는 어려운 사건이 있으면 아예 황재하를 찾아왔다. 황재하는 여인의 복장으로는 사건을 조사하기가 불편해 환관복을 입을 뿐이었다.

주자진은 실내에 두 사람만 있는 것을 보고는 냉큼 쫓아 들어와 책상에 엎드려 황재하를 뚫어져라 응시했다. "어서 말해봐. 은합 안에 대체 뭘 넣어 다니시는 거야? 거기에 내 반년 치 녹봉을 다 걸었단 말이야!"

"네? 뭘 걸어요?" 황재하가 호기심 어린 표정으로 물었다.

"서종운 그 패거리랑 말이야, 다 같이 거하게 먹고 내기를 했지 뭐야. 서종운이 기왕 전하의 은합 안에 왕부 영패가 들어 있다고 하잖아. 그러니까 한시도 몸에서 떼지 않고 늘 지니고 다니시는 거라고."

황재하는 실소를 금치 못하며 절레절레 고개를 내저었다.

주자진은 뜻밖의 성과에 크게 기뻐했다. "그렇지, 그렇지? 내가 생각해도 그건 아니었어. 그리고 은합이 그리 무거워 보이진 않았으니, 절대 금은보석 같은 게 들은 것도 아닐 거야!"

황재하는 아예 붓을 내려놓고는 턱을 괴고 웃으며 주자진을 보았다. "또 뭐가 들었을 거래요?"

"최 소경은 향료일 거라고 하던데, 내 생각엔 아닐 것 같아. 향료가 들었으면 어떻게든 틈새로 향기가 새어 나왔겠지. 게다가 지난번에 전하께서 따로 향낭을 달고 계시는 것도 봤단 말이지!" 주자진은 득의양양한 얼굴로 웃으며 말했다. "그 향낭 말인데, 바늘땀이 어찌나 엉망인지 딱 봐도 네 솜씨 같더라. 그렇지 않고서야 그토록 완벽만 추구하는 우리 전하께서 그런 걸 달고 계실 리가 있겠어?"

황재하는 이번에도 뭐라 말해야 좋을지 몰라 그저 이마에 손을 얹고 작게 웅얼거렸다. "자진 공자님은 왜 매번 그런 사소한 일에 예리한지 모르겠네요."

주자진이 흥분해서 말했다. "그래서 말인데, 나의 이 예리한 눈빛과 날카로운 직감을 믿고 반년 치 녹봉을 다 걸었지. 전하의 은합 안에는 비밀 호위 명단이 들어 있는 게 틀림없어!"

황재하는 턱이 손에서 미끄러져 하마터면 책상에 찧을 뻔했다. 황재하가 황급히 눈앞에 있는 사건 문서를 집어 들어 얼굴을 가리며 대답을 피하자, 주자진이 문서를 잡아 내리며 황재하를 뚫어져라 쳐다보았다. "맞지? 내 말 맞지?"

"자진 공자님, 앞으로 녹봉 없이 반년을 어떻게 버틸지나 잘 고민해보세요." 황재하는 동정 어린 눈빛으로 주자진을 바라보았다.

　주자진이 눈을 휘둥그레 뜨고는 아연실색해 괴성을 질렀다. "설…… 설마 내 추측이 틀렸다고? 아니야! 사람의 마음을 꿰뚫는 나의 통찰력은 말할 것도 없고, 내가 전하를 얼마나 철저하게 파악하고 있는데, 절대 틀릴 리가 없어!"

　"뭐가 틀릴 리 없다는 게냐?" 주자진의 괴성이 밖으로까지 새어 나가, 문밖의 사람이 안으로 채 들어오기도 전에 물었다.

　익숙한 그 목소리에 황재하의 가슴이 따뜻해졌다. 황재하는 미소를 지으며 고개를 돌려 안으로 들어오는 사람을 지그시 바라보았다.

　이서백은 둥근 옷깃의 연자색 도포를 입고 있었다. 남보랏빛 넝쿨꽃 무늬가 수놓아져 비슷한 두 색상이 조화롭게 어우러지면서 우아하고 화려한 느낌을 주었다. 허리에 찬 양지옥 띠에는 어김없이 도성에서 가장 인기 있는 작은 은합이 매달려 있었다.

　주자진은 은합을 보자 눈에서 불을 뿜었다. 당장이라도 이서백을 덮쳐 은합 속에 든 것을 확인해보고 싶어 안달이 난 기색이었다.

　이서백은 시야에 황재하가 들어오자, 조금 전 주자진이 했던 말은 신경도 쓰지 않고 곧바로 황재하 곁으로 가 사건 기록책을 살펴보았다. "이번 사건은 어떠하냐?"

　"나쁘지 않아요. 대충의 가닥은 잡았는데, 이 문서들은 가져가서 다시 한번 보려고요." 황재하는 사건 기록책을 덮고는 자연스럽게 이서백의 팔을 붙들고 몸을 일으켰다.

　이서백이 막 서책을 챙겨 들려는데, 갑자기 황재하가 손을 들어 눈앞을 가리더니 힘없이 이서백의 등쪽으로 어깨를 기대왔다.

　이서백은 즉시 팔을 뻗어 황재하를 붙들고는, 거의 껴안듯이 부축해 도로 의자에 앉혔다. 이서백이 황재하의 손을 붙잡고 미간을 잔뜩 찌푸렸다. "내가 뭐랬느냐. 너는 혈기가 부족하다고 그렇게 일렀거늘, 한사코 하루 종일 뛰어다니면서 아침도 제대로 챙겨 먹지 않은 게지?"

　주자진이 맞장구치며 끼어들었다. "그러니까 말입니다. 숭고 너는 기왕부도 돌보지, 여기서 사건 조사도 도와주지, 이 정도면 조정에서 기왕비 녹봉이랑 포두 녹봉이랑 다 챙겨줘야 맞지 않아? 이대로는 너무 밑지는 장사인 거 같은데!"

　황재하는 뜨끔한 마음에 미안한 눈빛으로 이서백을 보았다. 이서백의 낯빛이 영 편치 않아 보이자 이서백의 팔을 끌어안으며 말했다. "알았어요, 다음부터는 절대 이런 일 없도록 할게요."

"다시 이런 일이 생기면, 절대로 너를……." 이서백은 원래 절대로 밖에 내보내지 않겠다고 말하려 했다. 하지만 황재하의 볼이 자신의 어깨에 맞닿아 따뜻하고 부드러운 감촉이 얇은 봄옷을 뚫고 전해져오자, 마음속 가득 끓어오르던 화가 단숨에 가라앉아버리고, 대신 달콤한 향기가 가득히 퍼졌다.

그래서 그저 손을 들어 황재하의 귀밑머리를 어루만지며 속상한 어조로 말했다. "삼법사에서 또 다시 이렇게 너를 귀찮게 하면, 직위만 차지하고 녹봉이나 받아먹는 그놈들을 내 죄다 쫓아내마!"

주자진은 옆에서 몰래 차가운 숨을 들이켜고는, 조용히 발소리를 죽이고 빠져나가려 했다. 옛말에 예가 아닌 것은 보지도 말라 하지 않았던가. 하지만 그 순간 주자진의 시야에 이서백이 허리에 차고 있던 은합을 여는 모습이 포착되었다.

천하 모두가 알고 싶어 하는 비밀이 드디어 밝혀지는 순간이었다. 뜻하지 않게 그 현장을 목격하게 된 주자진은 눈을 크게 뜨고서 서둘러 목을 길게 빼어 은합 속 물건을 들여다보았다.

눈알이 튀어나올 것 같았다.

이서백이 은합에서 꺼낸 것은 다름 아닌 잣 사탕이었다. 이서백은 사탕 두 알을 꺼내 황재하의 입에 넣어주려 했다.

황재하가 부끄러운 듯 주자진을 흘끗 쳐다보고는 손을 내밀어 사탕을 받으려 하자, 이서백은 황재하의 손을 보며 미간을 찌푸렸다.

황재하는 그제야 조금 전 바닥에 난 혈흔을 손으로 만졌던 것을 떠올리며 하는 수 없이 입을 벌려 사탕을 받아먹었다. 그러고는 무슨 말을 하고 싶은 듯 머뭇거리며 다시 주자진을 흘끔 보았다.

주자진은 얼굴이 딱딱하게 굳어 마치 번개라도 맞은 것처럼 휘청거리며 뒷걸음치더니 홱 몸을 돌려 황급히 달아나버렸다.

이서백은 사탕 두 개를 더 꺼낸 뒤 텅 빈 은합 뚜껑을 닫아 원래대로 옥대에 걸었다. 여전히 속세를 초월한 듯, 세속에 물들지 않은 고아함을 내뿜는 기왕 이서백의 모습이었다.

그런 이서백의 은합 속에 든 것이, 왕비를 위해 준비한 사탕 몇 알뿐이라는 것을 누가 알겠는가.

황재하는 달콤한 사탕을 입에 문 채 멀어져가는 주자진의 모습을 바라보다가 결국 참지 못하고 빙긋 미소를 지었다.

　이서백은 황재하의 손을 잡고 일으켜 세운 뒤 그대로 손을 잡고 천천히 바깥으로 나왔다. 이서백이 급히 도망치는 주자진을 흘끗 쳐다보고는 황재하에게 물었다. "자진은 뭘 저리 놀라서 달아나는 거지? 어딜 가는 게야?"

　"아마 어림군에 가서 반년 치 녹봉을 어떻게든 구제해보려는 것일 테지요."

　"오? 어림군이 언제부터 자진의 녹봉까지 관여했지?"

　"그러니까…… 전하께서 은합을 차고 다니신 때부터요?"

왕비의 생일

당나라 때는 탕병이라 하는 면 음식이 있었는데, 금식이 지은『건상설』에는 이렇게 기록되어 있다. "지금도 사람들은 생일이 되면 탕병을 손님에게 대접하는데, 이는 당나라 때 이미 행해진 것이다."『신당서』의 '왕황후전'에도 황후가 현종을 위해 생일 탕병을 만들었다는 기록이 있다.

황재하의 생일날, 이서백도 친히 황재하를 위해 탕병을 끓였다. 심혈을 기울여 면 전체가 하나의 긴 면발이 되도록 연결해 만들고는, 가늘고 긴 면이 끊어지지 않도록 솥 안에 넣을 때도 조심조심 공을 들였다.

옆에서 조수 노릇을 하던 주자진이 물었다. "왜 이렇게 길게 만드세요?"

이서백이 설명해주었다. "면을 끊지 않는 것은 생명이 길게 오래오래 이어지라는 뜻이지. 이 탕병을 먹으면 재하는 오래오래, 순탄히 살아가게 될 게다."

하지만 안타깝게도 영명한 우리의 기왕 전하는 이론적 지식은 완벽했으나, 평소 주방에 들어가 실전으로 옮겨볼 기회는 전혀 없었다. 솥 안에서 면이 끊어지지 않게 신경 쓰랴, 굵어서 제대로 익지 않으면 어쩌나 걱정하랴, 결국 나중에는 면이 솥 바닥에서 흐물흐물 풀어져 한 덩어리가 되어버렸다.

주자진은 애가 타는 눈빛으로 면 덩어리를 보며 이서백에게 물었다. "이제 어쩌죠?"

이서백은 순간 기지를 발휘해 면 덩어리를 건져 사발 위에 엎어놓고 사람을 시켜 수란을 만들어 오게 한 뒤 면 덩어리 위에 올렸다. 그러고는 주자진에게 물었다. "둥글지?"

"네…… 둥그네요."

둥근 사기 그릇, 둥근 면 덩어리, 둥근 달걀, 잘게 썰어 흩뿌린 파. 노란색과 흰색과 초록색이 서로 어우러진 채로 큰 원과 작은 원이 포개져 있었다.

"이건 둥글둥글 원만하여, 영원토록 순탄한 삶이 이어짐을 상징하지. 이걸 먹으면 재하는 행복하고 순탄하게, 평생 부족함도 여한도 없이 살아갈 것이다."

잠시 뒤, 황재하는 기대 가득한 두 사람의 뜨거운 시선 속에서, 둥글둥글한 탕병을 간신히 다 먹어치우고는 감상평을 내놓았다. "제 평생 긴 것과 둥근 것을 이토록 완벽하게 결합한 사람은 전하가 유일하세요. 정말 감탄을 금치 못하겠어요. 평생 잊을 수 없는 맛이에요. 일생에 한 번 맛본 것으로 충분해요!"

잠중록 화집

1판 1쇄 인쇄 2020년 8월 12일
1판 1쇄 발행 2020년 8월 19일

지은이 처처칭한 그린이 장양 옮긴이 서미영
펴낸이 김영곤 펴낸곳 아르테

문학사업본부 이사 신승철
문학팀 이정미 김지현 디자인 이경란
해외기획팀 정미현 이윤경
영업본부 이사 안형태 본부장 한충희
문학영업팀 김한성 이광호 마케팅팀 배한진 정유진
제작팀 이영민 권경민

출판등록 2000년 5월 6일 제406-2003-061호
주소 (우 10881) 경기도 파주시 회동길 201(문발동)
대표전화 031-955-2100 팩스 031-955-2151
아르테는 (주)북이십일의 문학 브랜드입니다.

(주)북이십일 경계를 허무는 콘텐츠 리더
아르테 채널에서 도서 정보와 다양한 영상자료, 이벤트를 만나세요!
페이스북 facebook.com/21arte 블로그 arte.kro.kr
인스타그램 instagram.com/21_arte 홈페이지 arte.book21.com

ISBN 978-89-509-8907-1 (04820)
        978-89-509-7953-9 (세트)